KB215082

소리 공양

정재영 소설집

Prologue

사유思惟의 길목에 서면, 삶의 노래가 들려옵니다.
흐르는 강물처럼,
피어나는 들꽃처럼,
이 땅에 뿌리를 내린 사람들의
이야기가 속삭입니다.

어떻게 살아왔는지,
어떤 꿈을 품었는지,
그리고 어떤 길을 걸어왔는지요.

흔들리면서도 끝내 곧게 선 나무처럼,
묵묵히 계절을 넘나드는 들꽃처럼,
그들의 삶은 작지만 찬란한 서사敍事가 됩니다.

이 소설집은 그런 이야기들을 한 송이 꽃처럼 엮어낸
작은 꽃다발입니다.

생의 진실과 아름다움이 깃든 그 꽃잎들이
당신의 마음에
잔잔히 스며들기를 바랍니다.

우리의 이야기는 서로 연결되어 있습니다.
때로는 느슨해지고, 때로는 끊어질 듯 위태롭지만,
그럼에도
우리는 끝내 함께 살아갈 길을 찾습니다.

이 책이 당신의 걸음을 잠시 멈추게 하고,
조금 더 천천히,
조금 더 깊이
'함께 살아가는 삶'의 의미를 생각하게 한다면,
저는 더할 나위 없는 기쁨을 느낄 것입니다.

오늘도 제 마음자리엔 들꽃 같은 꿈이 자랍니다.
우리 모두가 더불어 살아가는 삶을 향해
나아가기를 소망하며,
찬란하기만 한 이 봄,
이 작은 이야기를 당신께 살포시 건넵니다.

2025년 봄바람이 머무는 '샘골 농장'에서

샘골 농장

Content

횡성역에서
'고형산'을 만나다

1시간 남짓

기차는 아침 안개 속을 달려 청량리역에 도착했다.

난 500여 년 전 멋진 삶을 살다 간 고형산 재상의 지난하기만 했던 삶의 편린들을 주섬주섬 챙겨 청량리역사를 빠져나왔다.

역 광장 끄트머리에서 머리 희끗희끗한 노작가老作家가 반갑게 손짓을 하고 있다.

"정 작가님 오랜만이네요.

잘 지내셨죠?

제가 요즘 횡성의 명재상名宰相이었던 고형산을 주제로 장편을 집필하고 있어요.

얼마 전 문화원에서 발행했다는『조선의 명재상 횡성인 고형산 高荊山』이란 책이 있다는 얘길 듣고 여러모로 수소문했는데도 내 재주론 그 책을 구할 수가 없네요.

횡성 토박이시니 혹시 그 책 한 권 구해 주실 수 없을까 해서 이렇게 어려운 부탁 전화 드렸습니다. 그리고 고형산에 대한 자료도 있으면 부탁을 드려요.

오랜만에 정 작가님 얼굴도 뵐 겸 서울 한번 올라오세요.

광장시장 가서 정 작가님 좋아하시는 녹두빈대떡에 쐬주 한잔도 하시구요."

그렇게 뜬금없는 서울 사시는 조 작가님 전화를 받고, 며칠 후 서울에 다른 볼일도 볼 겸 서재에 있던 책과 자료들을 가방에 챙겨 넣고 서울행 KTX 아침 기차를 탔다.

"어르신, 이른 아침 어쩐 일로 이리도 일찍 강가에 나오셨어요?"

"그렇게 말씀하시는 분은 어인 일로 쌀싸름한 아침 강가를 걸으세요?"

섬강 끄트머리 남산 보 강둑에는 백발의 어르신 한 분이 물안개가 그리움처럼 피어오르는 강둑에 그림처럼 앉아 계신다.

새벽 일곱 시 반.

아직도 사위四圍는 어둠이 채 가시지 않고 스멀거리는 물안개 속에서 아침을 기다리고 있었다.

언제부턴가 이곳 횡성에는 아침이면 지독한 안개가 읍내를 점령하곤 했다. 사람들은 순전히 20여 년 전 막은 횡성댐 때문이라고 이야기를 많이 하고 있다.

그럴 만도 하다.

"겨울 진객 백조를 보러와요.

재작년부터 이곳에 오길 시작한 백조 만나러요.

어제 아침에는 서른 마리가 왔었는데 오늘은 마흔 마리가 넘네요.

섬강이 깨끗해졌다는 징조일 테죠?

저 녀석들 여간 까탈스럽지 않아 조금이라도 강이 오염되면 발신양도 안 한다고 해요.

요즘은 집집마다 정화조를 묻고, 또 우리 마을에서는 농약을 안

쓰고 우렁이를 풀어 농사를 짓기 시작하면서부터 강이 무척 깨끗해졌어요.

솔직히 몇 해 전만 해도 이곳에서 손 씻기도 꺼림직했었거든요. 그러던 것이 이제는 여름이면 아이들이 멱 감느라고 정신이 없어요."

'영혼의 미립자微粒子'라고 했던가?

아침 안개를.

그리움처럼 피어오르는 아침 안개를 헤집고 백조들이 천천히 물속을 유영하며 은빛 피라미들을 건져 올리고 있었다.

새끼 두 마리는 엄마 옆에서 부지런히 엄니 백조가 건져 올린 물고기들을 널름거리며 받아먹고 있고.

그야말로 수채화 같은 목가적인 아침 풍경이다.

"참 멋지네요. 새 중의 으뜸이라더니…"

"그럼요. 참 기품있는 새죠. 저 백조들.

저 녀석들 보는 재미로 요즘 시간 가는 줄 몰라요.

그래서 아침 눈 뜨자마자 들돌같이 이곳으로 달려오는구먼요.

밤새 잘 지냈는지, 오늘은 몇 마리나 왔는지 궁금해서요.

저뿐만이 아니에요. 우리 남산리 사람들 모두 여기 백조들에게 다 꽂혔어요."

"그럴 실만 하시겠어요. 워낙 귀한 새니."

"상서로운 새라고 하죠?

백조가 찾아오면 그 마을에 뭔가 좋은 일 생긴다고 하고. 그래서 그런지 꿈에도 생각지 못했던 기차도 들어오고, 우리 마을에

KTX 기차역도 생기고.

그뿐인가요? 전국에서 두 번째로 상생형 일자리 차원에서 전기 자동차 공장이 들어왔잖아요. 인근 마을 우천면에.

우연인지는 모르지만 저 백조들 우리 마을 앞 강에 나타나고부터 그렇게 좋은 일 생기는 거 같아 저 녀석들이 더 소중하게 느껴져요."

"맞습니다.

궁벽한 시골 횡성에 기차가 들어오리라고 누가 생각이나 했겠어요.

그리고 전기자동차 공장도 그렇고.

전국 지자체가 180개라고 하는데 그중에서 우리 횡성이 선택받았다는 건 그야말로 대박 중 대박이죠."

"그래서 우리 마을 늙은이들 하루도 안 빼놓고 저 백조들 어떻게 될까 싶어 노심초사 보초를 서다시피 해요."

"기차 타러 가시는 거예요?"

"네. 서울 좀 다녀오려구요.

혹시 어르신 이 마을에 오래 사셨으면 고형산이라는 분에 대해 들으신 적 있으세요?

고 판서라고 불렸던 분."

"아~ 저 망백 뒷산에 모신 고 판서.

그분 얘기 많이 들었어요. 제가 어릴 적 우리 마을 서당 다닐 때 우리 훈장님한테서…."

"그러시군요.

서울에서 소설을 쓰시는 횡성 출신 선배 작가분이 고형산이라는 분 꼭 모시고 오라고 해서."

"그 양반 돌아 가신지 오 백 년도 넘었는데 어떻게 모시고 가셔요?

농담도 잘하시네요."

"네, ㅎㅎ.

그분을 소재로 장편 소설을 쓰시고 싶다고 해서 이것저것 그분 자료 챙겨 가지고 가는 거예요."

"아~ 네. 그러셨군요.

그분 어머니 묘소도 저 모롱가지 지나 조곡리 뒷산에 있죠.

그리고 요 윗동네 망백마을에 사시면서 청용리 서당을 공부하러 다녔다고 했어요. 그때 훈장님이 들려주셨던 그분 어릴 적 이야기 얼마나 재미있었던지 지금도 기억이 생생해요.

저 앞에 바위 보이시죠?

저 바위가 바로 그분 어릴 적 이야기에 나오는 퉁퉁 바위예요. 바위가 퉁퉁하게 생겼다 해서 그리 이름 붙여졌나 봐요. 언제 들어도 퉁퉁 바위 얘기는 재미가 쏠쏠해요."

정암리 망백마을에서 고형산이 공부하러 다녔다는 청용리는 제법 먼 거리였다.

얼추 십여 리.

남산리에서 입석 마을을 지나 덕고산 자락 아래 위치한 서당.

제법 먼 거리를 고형산과 옆집 사는 친구는 하루도 빠짐없이 자박자박 걸어서 통학했다.

먼 거리를 그렇게 걸어 다니다 보니 아버지가 등잔불 밑에서 만들어주신 짚신은 사나흘이 못 가 짚신 날이 떨어져 너덜거리곤 했었고.

두 소년은 지필묵과 주먹밥 도시락을 보따리에 싸 허리에 질끈 두르고는 아침을 먹자마자 청용리 서당을 향했다.

종일 훈장님 밑에서 천자문을 외우고 화선지에 글씨를 썼다.

워낙 머리가 총명하고 공부 자체가 즐거웠던 고형산.

훈장님이 하나를 가르치면 열을 알았고 똑같이 입학했는데도 옆의 친구는 아직 천자문도 못 떼고 민기적거릴 때 그는 논어 맹자를 촬촬 읽어 나갔다.

될성부른 나무는 떡잎부터 다르다고 했잖은가.

그렇게 온종일 서당공부를 마치고 집으로 돌아오는 길.

하지 감자를 영글게 하는 여름 해는 질기퉁스럽기만 했다.

어린 고형산은 입석리를 지나 남산리 강가를 걸어오면서도 오늘 배운 논어의 문구들을 입속으로 암송했다.

입속에서 잘게 부서진 논어의 문구들은 뇌리에서 보석처럼 빛났다.

한창 공부의 재미를 붙여가는 중이었기에. 그 딱딱하다는 공자님 말씀도 잘 익은 홍시처럼 달근하기만 했다.

등허리에 쏟아져 내리는 여름 해에 베적삼은 진즉에 땀으로 후

질그레하고 짚신 속 맨발은 땀이 배어 미끈적거리기만 했다.

돌배나무 그늘 아래 퉁퉁 바위.

바위가 얼마나 너른지 부잣집 뒷마당만 했다.

귀갓길 소년이 단골로 쉬어가는 쉼터이다.

다리쉼도 하고 땀도 들이고 정이나 더우면 퉁퉁 바위 아래서 철 버덩 거리며 멱을 감아도 좋고.

나무 그늘이 내려앉은 바위에 걸터앉은 형산은 스르르 잠이 들었다.

낮잠은 늘 달근하기만 하다.

얼마만큼 시간이 지났을까.

비몽 사몽 간에 어디선가 소년에게 이상한 말소리가 들려왔다.

"쉿~ 조용히 해. 고 판서께서 주무신다."

"그래 지체 높으신 어르신께서 잠을 깨시면 안되잖아."

그 소리에 눈을 번쩍 뜬 소년, 주위를 유심히 살폈으나 바위 주변에는 개미 새끼 한 마리 얼씬거리지 않았다.

참으로 신기한 노릇이 아닐 수 없었다.

그저 퉁퉁 바위 감돌아 흐르는 물소리만이 간간이 들려 올 뿐.

이런 일이 있은 지 얼마 후 같은 동네 사는 고형산 친구 하나가 이 바위에서 낮잠을 청했다.

그러자 "예끼 이방~ 이놈! 썩 일어나지 못할까!"라는 도깨비들의 벽력같은 소리에 정신이 번쩍.

훗날 고형산은 다섯 판서를 두루 지냈고, 그 소년은 고을 이방

밖에 못 했다고 한다.

"옛날 얘기지만 참 재미있죠?

훈장님이 손짓까지 해가면서 얼마나 재미있게 얘기를 해 주시던지요. 그러고 보면 다 제 밥그릇은 타고 나는가 봐요.

이방이나 해 먹으라는 밥그릇 따로 있고, 고 판서처럼 지체 높은 그런 밥그릇도 있고.

저 같은 늙은이는 천상 땅 이나 파먹으라는 팔자일 테 구요.

욕심부리지 않고 살려구요."

사위四圍가 비움해지며 영혼의 미립자 안개가 걷히고 자맥질하는 백조들 사이로 푸드득 물오리 떼 날개를 접는다.

소년들이 잠결에 도깨비 소리를 들었었다는 통통 바위에는 아침 햇살 한 줌이 비집고 들어 와 자리를 잡는다.

"몇 시 기차를 타시게요?"

"8시 11분 청량리 가는 기차를 타려구요."

"참, 세월 좋아졌죠?

여기서 기차 올라타면 한 시간이면 청량리역에 도착하니.

그야말로 상전벽해桑田碧海가 따로 없는 거 같아요.

우리 늙은이들도 저 케이티엑스 덕분에 서울 구경 가끔 가요.

거기다 늙은이라고 30% 할인해 주지.

지하철 공짜지. 그뿐인가요? 고궁, 박물관 늙은이들은 다 꽁짜잖아요. ㅎㅎ.

젊은이들은 우릴 '지공 선사'라고 못마땅해하지만, 아무튼 세상 많이 좋아졌어요."

"그게 다 어르신들 젊어 고생 고생해서 이룩해 놓은 건데요. 미안해하실 필요 조금도 없어요. 당연히 받으실 거 받고 사시는 거예요."

"참 어르신, 혹시 고판서 어르신 어머니 묘소 가 보셨어요?"

"가 봤죠. 제가 이곳 남산리 이사 오기 전에 그 동네 살았어요. 두 어 해 그곳에서 마을 이장 노릇도 했었구요.

몇 해 전 문화원 원장님이 교수님 두 분을 모시고 그 묘소를 찾아와 제가 안내해 드린 적 있어요.

조곡리 모롱가지 돌아가 마을 안쪽으로 들어가면 마을 뒷산 양지 쪽에 있어요. 마을 사람들도 '고판서 솟을 묘' 하면 다 알아요."

서당에서 공부하는 학동들의 한결같은 바람은 뭐니 뭐니해도 과거급제였다. 하지만 그게 말처럼 쉬운 일 아니었기에 당사자는 물론이고 학동의 부모는 과거시험을 보고 그 결과를 기다리면서 그야말로 온통 가슴이 숯검정이 됐다.

고형산 부모도 마찬가지였다.

학수고대하던 아들의 과거급제를 보지 못하고 눈을 감은 형산 모친.

어느 날, '빵~ 바라 방' 삼현육각을 울리며 과거 급제한 고형산이 고향 땅 횡성을 찾았다.

그야말로 금의환향.

1483년(성종 14) 식년式年 문과의 병과丙科 급제.

향년 그의 나이 31세.

그 당시에도 횡성현은 그리 크지 않은 곳이었기에 마을은 글자 그대로 난리가 났다.

현감은 친히 고형산을 불러 치하를 아끼지 않았으며 망백마을 에서는 경사 났다며 돼지를 잡고 마을 사람들은 모두 모여 내 일 처럼 기뻐했다.

그럴 즈음.

아들의 과거급제를 학수고대하던 조곡리 뒷산 고형산 어머니 묘소는 삼현육각 소리를 듣고 갑자기 묘소가 다섯 자나 솟아올 랐다고 한다.

얼마나 기뻤으면 어머니는 땅속에서조차 그렇게 반가움을 표시 했었을까.

마을 사람들은 그 광경을 보고 모두 넋이 나갔고 그때부터 묘 가 솟아올랐다고 해서 '솟을 묘'라고 불렀다고 한다.

"참 대단한 일이 아닐 수 없네요. 어르신.

어떻게 죽은 사람이 아들 과거 급제 소식을 듣고 그리 묘소가 솟아올랐는지."

"그러게 말입니다. 요즘으로 말하면 '세상에 이런 일이' 프로에 나왔을 테죠?"

"기차 시간 늦으시겠어요. 어여 가 보세요."

"아직 40여 분이나 남았는데요.

오늘 어르신께 소중한 고 판서 이야기 많이 들었어요.

감사해요. 어르신.

저도 읍내 사니 기회 있으면 언제 자리해 약주 한 잔 대접해 올리겠습니다.

이게 제 연락처입니다. 횡성 장에 나오시면 전화 한 번 주세요."

"감사는요. 저도 오랜만에 고판서 이야기 함께 해서 좋았어요.

모쪼록 소설 쓰시는 작가분에게 고판서 이야기 잘 전해 주셔서 재미있고 멋진 소설 조만간 만날 수 있었음 좋겠네요."

"건강하세요. 늘 코로나 조심하시고.

저는 기차 출발 시간 여유 있어 산책 삼아 망백마을 입구까지 걸어 보려구요. 자차바위도 구경하고."

"자차바위, 횡성역에서 5분이면 갈 수 있는 거리니 멍하니 대합실에서 기차 기다리시는 것보다는 그것도 좋겠네요.

정암리 마을 입구 길섶에 큰 바위가 있는데 그게 바로 자차 바위예요. 예전 한양에서 강릉 갈 때 거기가 딱 중간이었다죠?"

"네, 어르신. 날 차니 이제 그만 댁에 들어가세요."

우연히 초면으로 잠시 만났을 뿐인데도 남산리 사신다는 그 어르신 마치 오랜 구면처럼 그렇게 편하게 다가왔다.

나는 그 어르신을 향해 손을 흔들어 주며 천천히 횡성역을 향해 발걸음을 옮겼다.

횡성 역사驛舍를 지나 굴다리를 빠져나오자 망백마을로 향하는 시멘트 포장도로가 아침 안개 속에서 나를 맞이했다.

옷을 모두 벗어 던진 길섶 느티나무에는 하얀 상고대가 보석처럼 반짝거리고 있었다.

참 곱다.

영혼의 미립자 안개, 이승을 저리 떠돌다 다리쉼 하며 나뭇가지에 걸터앉았다가 저렇게 화석처럼 얼어붙었을 테지.

이승에 두고 온 한의 편린들, 하고 많아 도솔천 건너기도 만만찮았을 테고.

그래도 잠시 잠깐의 쉼 치고는 참 편안한 거 같다.

모두 다 내려놓으면 편할 테니까.

'툭~ 툭'

구둣발에 차이는 포도鋪道 위 작은 돌멩이에도 하얗게 무서리 꽃 피어 있다.

이 십여 호 가까운 망백마을은 이른 아침이어서인지 그야말로 개미 새끼 한 마리 얼씬거리지 않는다.

그 흔한 동네 개들도, 아침을 열어젖히는 장 닭 울음소리도 없다.

오직 고요만이 자리를 잡고 앉아 그루잠 속에 깊이 빠져있는 마을을 다독이고 있었다.

그 옛날 강릉과 한양을 오가던 상인들이 쉬었다 갔다는 자차바위는 아직도 하얀 무서리 꽃을 뒤집어쓴 채 자그마한 자들박 옆에 자리하고 있었다.

상인들 스무 명 앉고도 남을 만큼 넉넉한 자리.

한양서 강릉 가는 길에 딱 중간지점이었다지.

이곳 자차 바위가.

난 바위에 붙은 무서리 꽃을 대충 털어 내고 바위 한 귀퉁이에
걸터앉았다.

500여 년 전, 이 바위 위에서는 다소 억센 강릉 사투리와 나긋나
긋한 한양 말씨들이 한데 뒤 섞여 자차 바위를 뜨겁게 달궜을 테지.

"참 좋은 시상 됐지요.

한양서 우차牛車 끌고 대관령 넘어 강릉을 한걸음에 가는 세상
이 됐으니…."

"그러게요. 그저 꿈만 같아요. 이런 길로 장사하러 다니게 된 게."

"이게 다 고형산 관찰사 나으리 덕분이지요. 그분 아니었으면
언감생심 이런 길 꿈이나 꾸었겠어요."

"강릉서는 무얼 가져오셨어?"

"요즘 꾸덕꾸덕한 코다리가 한철이라 그거 우차로 한가득 싣고
한양가는 길이예요.

맛 좀 보시려오.

강릉 안인진항에서 왼 겨우내 해풍에 꾸들꾸들 말린 거라 찝찌
름한 게 제법 먹을 만할 거요."

"햐!~ 코다리 냄새하곤. 그야말로 쥑이네요.

그거 북북 찢어 고추장 찍어 막걸리 한 사발 들이키면 대낄이겠어요."

"허~ 그 양반 코다리 맛 제대로 아시네.

고추장에 갖은 양념한 양념장 쓱쓱 발라 숯불에 석쇠로 구워 먹으면 그야말로 둘이 먹다 한 놈 뒈져도 모를 맛이죠."

"으~! 말씀 들으니 아침나절부터 막걸리 한 잔 땡기네요."

"어려울 거 뭐 있겠오. 먹다 죽은 귀신은 때깔도 좋다는데. 코다리 안주로 막걸리 한 잔 땡깁시다.

그나저나 댁은 한양서 무슨 물건 가지고 장삿길에 나스셨어?"

"저는 안성 유기 좀 가지고 왔어요.

안성서 직접 장인匠人이 두드려 만든 방짜 유기.

뭐니 뭐니 해도 유기는 안성 방짜 유기가 최고죠. 방짜유기로 제기祭器를 쓰면 저승에 계신 조상님들도 감복한다잖아요."

"아이고, 귀한 걸 가지고 장삿길에 나오셨군요.

어디 귀경이나 해 봅시다.

그 귀하다는 안성 방짜 유기.

물건 보고 아예 강릉까지 갈 거 없이 우리 코다리랑 유기랑 가격 흥정해 맞바꾸는 것도 괜찮을 듯싶네요.

댁은 멀리 강릉까지, 난 먼 한양까지 갈 필요 없이 짐 툭툭 털고.

그 뭐시냐 누이 좋고 매부 좋고. 도랑 치고 가재 잡고…."

"까짓 그럽시다.

우선 출출하니 저 자차 바위 끄트머리 주막집 들어가 아침 요기

하며 강릉 명물 코다리에 막걸리 한 따까리 쭈~ 욱."

그렇게 둘은 의기투합해 자차 바위 인근 주막집에 들어가 막걸리를 마시며 유기와 코다리를 물물교환하고 각각 한양으로 강릉으로 우차를 끌고 되돌아갔다.

그게 지금부터 500여 전인 조선 중종 2년(1507년)이었다.

강원 관찰사였던 고형산 나이 54세.

그때만 해도 한양에서 강릉 가는 길은 멀고도 험한 길이었다. 특히나 영서와 영동을 가로막는 장벽과도 같은 험산 준령 대관령 아흔아홉 고갯길은 장난이 아니었다. 남정네들은 지게에 짐을 지고 여자들은 머리에 보따리를 이고 토끼길 같은 대관령을 오르내렸다.

아무리 정성을 들여 삼은 짚신도 대관령 들머리에 오르고 나면 짚신 새끼 가달이 다 떨어져 나가 봇짐에서 새 짚신을 꺼내 갈아 신어야 할 판이었다.

사람들은 고개를 오를 때마다 이곳에 제발 덕분에 우마차 다니는 길 닦아 개고생 면해 보는 게 큰 소원 중 하나였었고.

그런 도민들의 애로사항을 들은 고형산은 마침내 한양서 강릉 가는 신작로를 닦기로 큰 결심을 하고는 수차례 상소를 하고, 관계 기관에 청을 넣었건만 워낙 방대한 사업이라 선뜻 나서서 도와주는 대신이 하나도 없었다.

'백성은 나라의 근본'이라는 애민愛民정신이 몸에 밴 그는 더 이상 미룰 수가 없었다.

백성들의 고통을 외면하는 건 그 백성을 다스리는 목민관의 기본 자세가 아니라는 게 철두철미한 그의 소신이었고 정치철학이었다.

그는 마침내 자기 집 곳간을 열고 양식을 처분해 일꾼을 사, 대관령 험산 준령 나무를 벌목하고, 가래질과 삽질로 우마차가 다닐 수 있는 신작로 공사를 시작했다.

워낙 험산 준령에다 곳곳에는 집채만 한 바위들이 버티고 있어 신작로 공사는 그리 녹록지 않았다.

공사비는 곶감 빼 먹듯 계속 불어나기만 했고.

그러나 지성이면 감천이라고 이런 그의 뜻을 안 백성들은 자신의 일을 팽개치고 팔을 걷어붙였다.

하루가 다르게 신작로 만드는 공사에 백성들의 노력 봉사가 가세했고, 여인네들은 길 닦는 사람들을 위해 주먹밥을 머리에 이고 공사판을 찾았다.

그뿐인가 고 형산 지인들인 대신들도 하나둘 자신의 곳간에 있던 엽전 꾸러미를 고형산에게 건넸다.

종일 대관령에는 나무를 자르는 톱질 소리, 돌을 깨는 정 소리, 가래질 소리가 그들먹했다.

고형산은 그야말로 정무시간 외에는 공사장에서 인부들과 살다시피 했다. 때로는 그들과 같이 가래줄을 당기고, 새참에 막걸리도 함께 마셔 가며. 한 발자국 두 발자국 그렇게 신작로 공사는 진행돼갔고 마침내 한양서 강릉 가는 천 리 길 신작로가 완성됐다.

길이 뚫리던 날.

고형산과 인부들은 감격에 겨워 얼싸안고 주먹 같은 눈물을 뚝뚝 떨구었다.

한양서 강릉까지 경강선이 뚫리고부터 사람들의 생활이 바뀌었다.

이젠 더 이상 지게에 짐을 얹어 짊어지고 갈 필요가 없어졌다.

산처럼 우마차에 짐을 때려 싣고서는 턱 하니 우마차에 올라타 룰루랄라 대관령을 넘었다. 그야말로 교통과 물류의 대혁신이 아닐 수 없었다.

사람들은 고개를 오르고 내릴 때마다 고형산 칭송에 입이 마를 날이 없었다.

우연인지는 몰라도 고형산이 살던 마을 정암리 자차 바위는 경강선(한양서 강릉 가는 길) 딱 가운데 위치해, 오고 가는 길손들의 쉼터가 되고 물류 교환장소가 되고 파시처럼 소규모 장이 섰다.

자차 바위 고개마루턱에는 대 여섯 집 주막도 있어 국밥을 말아 팔고 여정에 지친 길손들에게 숙소를 제공하기도 했다.

지금은 흥청거리던 주막은 온데간데없고 서낭당 한 채만이 자차 바위를 지키고 있다.

그런데 이 무슨 변고란 말인가.

고형산 사 후死 後, 100년 후인 1636년 12월 1일(인조 14년).

병자호란 당시 청군이 동해로 배를 타고 강릉에 상륙해 고형산이 잘 닦아놓은 신작로를 따라 대관령을 넘어 한양으로 물밀 듯이 쳐들어왔다.

전쟁에 참패해 청군에게 갖은 수모를 다 당한 인조는 몹시 격노했다. 이게 다 삐까번쩍 길을 잘 닦아 청나라 오랑캐에게 편의를 제공한 고형산 탓이라며, 인조는 정암리 뒷산에 잠들어 있는 고형산 묘를 파헤치고 부관참시剖棺斬屍를 명했다.

누군가에게 책임을 전가할 필요가 있었던 거다. 전쟁에 참패한 못난이 인조에게는. 한강서 뺨 맞고 남산 가서 눈 흘긴다는 식.

그날, 고형산이 무덤 속에서 끌려 나와 부관참시를 당하던 날.

인근 많은 백성들은 차마 말을 대 놓고는 못 했지만 뒤돌아서서 종주먹을 지으며 나라님을 향해 삿대질을 하고 분함에 눈물을 흘렸다.

그뿐인가 아들의 급제 소식을 듣고 무덤이 한껏 치솟았었다는 고형산 어머니 '솟을 묘'는 원통함에 두 자는 땅속으로 꺼져 들었다고 한다.

고형산이 부관 참시 당하던 날.

너무도 억울해서 정암리 산도 울고, 하늘도 울었다.

고형산이 잠들어 있는 망백마을 뒷산에서는 고 판서의 한을 이야기해 주려 듯, 아침 안개가 스멀거리며 피어오르고 있었다.

난 호탕하기만 했던 고 판서 목소리가 들려오는 듯해 연실 망백마을을 뒤돌아보며 횡성역으로 잰걸음을 놨다.

워낙 호탕하고 술을 좋아했었다지, 고형산.

하긴 그런 기개가 있었기에 아무도 엄두를 못 냈던 경강선을 뚫었을 테고.

'두주불사'에 술에 관한 한 '청탁불문.'

하루는 술이 고팠던 고형산.

아전에게 이르기를,

"내일은 내 아는 사람이 지방관으로 부임하는데, 내가 모화관慕華館에 나가서 전송할 터이니, 장막을 치고 술상을 차려놓고 기다리거라." 하였다.

이에 아전은 모화관에 장막을 치고, 그 옆에 술 세 동이와 안주를 챙겨 그야말로 요란 뻑적지근하게 주안상을 마련했다.

고 판서가 자리에 앉자마자 아전이 바삐 와서 고하기를,

"소인이 대궐 문에서 보니, 단지 대포만호大浦萬戶가 하직하는데 동대문을 거쳐서 나갔을 뿐입니다." 하였다.

그러자 고 판서 정색을 하며

"허~ 허, 이 친구 나와의 약속 잊은 거 같네.

허기사 나이 들면 너나없이 총기가 떨어지는 게 당연지사일 테지.

이왕지사 차려 온 술상. 어쩌겠는가 나 혼자라도 마셔야지. 그래야 술상을 준비한 사람들에게 도리를 다하는 거지. 안 그런가?"

"이봐, 만호 친구~

내 술 한 잔 받으시게나. 까짓 인생 뭐 있겠나. 안 그런가. 옛말에 먹다죽은 귀신이 때깔도 좋다 안 했는가."

그리곤 안주 한 젓가락에 막걸리 한 사발 벌컥.

그렇게 열 잔을 연거푸 벌컥벌컥 마시니 한 동이 술이 금방 바닥을 드러냈다.

세상에나.

그뿐인가 곁에서 시중을 들던 녹사를 손짓해 불러 술상 앞에 앉히고는,

"녹사錄事도 일찍 출근하여 필시 배가 고플 것이니, 술 한 잔 같이하게나."

나 원 참. 이번에는 한술 더 떠,

"서리와 하인들도 여러 시간 분주히 뛰어다녔으니, 또한 마셔야 할 것이다." 하고는, 권커니 자커니 대작을 하고.

그렇게 술 두 동이를 비우고는 남은 한 동이를 마저 가져오게 하고는 모화관 기둥을 향해 술잔을 들어서는,

"어찌 주인에게 권하지 않을 수 있느냐."며 첫째 기둥부터 열 개의 기둥들을 모조리 불러 내 대작을 했다.

이처럼 그는 아랫사람들과도 아무런 격의 없는 술자리를 가진 진정한 술꾼이었다.

심지어 아무런 감정도 없는 나무 기둥들조차도 그에게는 스스럼없는 술친구였다.

애주가를 넘어 이 정도면 가히 주선酒仙이 아니겠는가.

이런 멋스러움이 넘쳐흐르던 낭만의 사나이가 바로 고형산이었다.

강릉발 KTX 기차는 아침 안개를 헤집으며 정확히 8시 10분에 횡성역에 정차했다.

정확히 1분을 정차하고 기차는 아침이 열리기 시작하는 횡성역사를 미끄러지듯 빠져나갔다.

고형산이 잠들어 있는 횡성역사 뒷산은 아직도 잠이 덜 깬 상태로 지독한 안개 속에 침잠해 있었다.

이승을 채 떠나지 못한 뭇 영혼들과 교류하면서.

난 내 자리에 앉자마자 서울의 선배 작가에게 건네주기로 한 『조선의 명재상 횡성인 고형산』을 꺼내 들었다.

활자 행간에서 진정한 조선의 명재상이라 불리었던 고 판서의 면모들이 파노라마처럼 튀어나와 바닷속처럼 조용하기만 한 객석을 유영했다.

1516. 중종 11년

병조판서兵曹判書 고형산高荊山이 와서 죽궁竹弓을 바치고 아뢰기를,

"이 활의 세기가 목궁木弓보다 갑절이 되어, 살을 쏘면 80여 보步를 지날 수 있으니, 우선 써 보아서 쓸 만하면, 모든 군사가 지니는 활 및 군기시軍器寺의 활은 이것을 본떠서 만드는 것이 어떠합니까? 신이 변방에 오래 있으면서 보니, 각궁角弓 같으면 흙비雨 때에 쉽게 파손되나, 대竹는 흙비를 당할지라도 파손되지 않습니다. 신이 이미 시험하였으므로 와서 바칩니다." 하니,

중종이 전교하기를,

"이 활을 보니 과연 좋다. 이제 각궁도 희귀하니, 군기시에 내려서 이것을 본떠 정밀하게 만들어 써 보게 하여, 쓸 만하거든 많이 만들어서 무기고에 저장하고, 또한 군사로 하여금 널리 쓰게 하라." 하였다.

역시 명재상답다.

그는 오랜 변방 생활에서 나온 경험을 바탕으로 비를 맞으면 쉽게 파손되는 각궁의 단점을 보완해 비가 와도 쉽게 파손되지 않는 죽궁을 만들게 되었다.

당시 조선 국방의 최대 이슈는 '활 재료 국산화'였었다.

각궁을 제작하는데 사용하는 뿔은 대부분 중국을 통해 수입해 오는 물소 뿔이어서, 중국에서는 이를 중요한 군수품으로 취급하여 조선에서 무역하는 거래량을 엄격하게 통제하고 있었기 때문에 조선에서는 필요한 양을 제대로 공급할 수 없었다.

그래서 고 판서는 순수한 우리나라 재료인 한우 뿔과 대나무를 이용해 죽궁을 만들게 되었다.

그야말로 자주국방의 기틀을 마련한 것이었다.

그렇게 해서 '벙테기 활'이라 불렸던 죽궁이 제작됐고, 우리 국토를 지키는 주 무기로 큰 역할을 했으며 많은 사람이 죽궁을 쏠 때마다 고 판서를 떠올리며 칭송을 아끼지 않았다.

원주 만종역에서도 기차는 1분 동안 정차했다.

검은색 베레모를 눌러 쓴 중년이 먼저 인사를 건네며 내 옆 빈 자리에 앉았다.

난 간단히 인사를 건네고는 읽고 있던 책을 다시 펼치고는 활자 행간을 따라 고형산의 이야기 속으로 걸어 들어갔다.

보면 볼수록 멋진 삶을 산 명재상名宰相 고형산의 삶 속으로.

"선생님 실례지만 고형산에 대해 관심이 많으시군요.

저도 횡성 출신으로 원주 모 대학에서 역사를 강의하고 있는데 지난해 고형산을 주제로 소논문小論文을 쓴 적이 있습니다."

"교수님이시군요. 반갑습니다, 더군다나 횡성 출신이시라니 더더욱.

횡성 갑천이 고향이신 선배 작가님이 부탁해 고형산 관계 자료와 책자를 가지고 서울 올라가는 중입니다."

"정말 조선의 명재상이었죠. 그분. 거기다가 백성을 사랑하는 진정한 휴머니스트였구요.

그분의 역사적인 기록들을 들추면 들출수록 정말로 훌륭한 명재상이셨던 거 같아요.

그런 분이 우리 횡성 출신이란 사실이 정말 자랑스럽습니다.

저는 강의 시간마다 틈나는 대로 학생들에게 그분 이야기를 들려주고 있어요."

"맞습니다. 교수님.

이·호·병·형·공 다섯 판서를 지낸 분 흔치 않아요.

조선 역사에. 거기다 우찬성까지. 우리나라 최초 신작로라는 한양서 강릉까지 길을 내 우리 국토 동서를 관통케 한 그 크나큰 업적은 조선토목 역사에 큰 획을 그었지요.

그러나 엄청난 업적에 대한 상은 못 줄망정 부관참시라는 치욕을 맛보았으니 그 어르신 지하에서도 눈을 제대로 못 감으셨을 겁니다.

100년이란 지난한 세월이 흐른 뒤에야 도로 개통에 대한 재평가로 무고함이 밝혀지고, 업적에 대한 평가도 새롭게 이루어 지면서 역적의 누명에서 벗어나 명예를 회복하였으니 불행 중 다행이었구요.

조정에서는 그에 대한 보답으로 위열공威烈公이라는 시호를 내리고, 그분 묘소가 있는 정암리 망백마을 사방 십 리 땅을 희사했다고 하죠?"

"고형산 재상님을 소재로 장편을 집필하신다는 선배 작가님께 꼭 부탁드리세요.

망백마을 뒷산에 묻힌 고 판서님이 지하에서 그 책 읽으시고 흥에 겨워 좋아하시는 막걸리 여한 없이 드실 수 있게 멋지게 써 달라고."

"네, 알겠습니다.

교수님 혹시나 횡성 들어오시게 되면 저랑 같이 고 판서님 좋아하시는 막걸리 한 통 준비해 망백마을 그분 묘소 다녀와요."

1시간 남짓, 기차는 아침 안개 속을 달려 청량리역에 도착했다.

난 500여 년 전 멋진 삶을 살다 간 고형산 재상의 지난하기만 했던 삶의 편린들을 주섬주섬 챙겨 청량리역사를 빠져나왔다.

역 광장 끄트머리에서 머리 희끗희끗한 노작가老作家가 반갑게 손짓을 하고 있었다.

《한국 소설》 2024년 8월

소리 공양供養

　달도 숨이 차 쉬었다 간다는 달고개에는 마냥 봄이 농익어 가고
있었다.
　멀고 가까운 올망졸망한 산자락 개벚나무들은 하얀 꽃등 흐드러
지게 달고 지나는 길손들에게 수줍은 미소 풀풀 날려 쌌고.
　유장하게 흐르는 주천강 강가에는 선홍빛 복숭아꽃들이 현란한
빛의 잔치를 벌이고 있었다.
　봄은 그저 바라보는 것만으로도 자못 설렌다.
　그냥 좋다.

　달고개를 내려서는 내 귓가로 비탈밭 갈면서 숨 차 '색색'거리던
순둥이 거친 숨소리, '짤랑'거리던 워낭소리, 그리고 구성진 철주 아
버지 소몰이 소리가 들려오는 듯해, 난 연실 봄이 농익어 가는 달고
개 언덕배기를 뒤돌아봤다.

이랴!

이러저 어디여

이랴!

이 소야 부지런히 가 보자

이러 저라

저 낭구 뚜거지에 뿔 다치지 말고 슬슬 밀어 나가보자 이랴

어디 저 안소!

마라소가 우겨서 가자 저 밤나무 가지 다치지 말고 이랴!

어후우우!

어디 돌아서. 이랴! 어 우겨서!

이 소야 오르 내리지 말구 덤성거리지 말구 당겨 주어 이랴 이랴!

저 낭구에 부딪히지 말구 가자 이랴 이랴 !

해는 석양이 되는데 점슴 참도 늦어간다 어 후!

어디 돌아를 서 이랴 이랴!

왜 이리 덤성거리는냐! 이러

목두 마르고 숨도 차니 담배 한 대 태우구 가자

와 와!

—소리: 안치웅 / 채록: 정재영

아침 햇살이 폭포수처럼 쏟아져 내리는 주천강 가 다리밭 골타데이로 철주 아버지 안치웅 씨의 구성진 소몰이 소리가 그렇게 울려 퍼지고 있었다.

참으로 듣기 좋다.

이 소리.

"교장 선생님 빨리 월현으로 오셔요."

이른 아침. 출근을 위해 막 집을 나설 때였다.

우리 학교 통학버스를 운전하는 박 주무관의 다급한 전화다.

난 순간, 아이들 싣고 오다 월현에서 무슨 사고라도 난 줄 알고 긴장하며 다급히 물었다.

"왜요? 뭔 일 있어요?"

"저기 월현다리 건너 비탈진 밭에 지금 소로 밭을 갈고 있어요. 빨리 들어오셔서 사진 찍으세요."

나원참.

평소 소로 밭 가는 모습을 노래하던 터라 이 양반이 통학차를 끌고 오다 소로 밭을 가는 모습이 보여 그리 뜬금없는 전화를 한 것이었다.

난 교감 선생님에게 전화로 전후 사정을 대충 이야기하고 안홍 고개를 오르며 엑셀레이터에서 발을 떼지 않았다.

제발 도착하기 전까지 밭갈이 마무리하지 말아 달라고 간절히 기도하며.

이른 아침이라 안홍고개를 오르는 출근 차량은 그리 많지 않았다.

이 길이 바로 과거 한양에서 강릉 가는 길이다.

5백여 년 전 조선의 명재상 고형산이 백성들의 딱한 사정을 전해 듣고 사비를 털어 이 신작로를 닦았다고 하지.

지금은 전에 비해 곧게 펴졌지만 아직도 안홍고개는 제법 여러 굽이를 돌고 돌아야 정상에 다다를 수 있다.

해발고도가 높아 횡성 읍내보다도 보름이나 늦게 봄이 시작되는 안홍고개에는 하얀 아카시아 꽃들이 흐드러지게 피어 있었다.

언제 자리를 잡았는지 고개 모롱가지(모퉁이)에는 수십여 개 벌통들이 나란히 놓여 아카시아 꿀들을 부지런히 모으고 있었다.

이승을 채 떠나지 못한 영혼의 미립자 아침 안개는 농염한 자세로 산허리를 꽉 부둥켜안고 있고.

찐빵 마을 안홍을 지나 단숨에 월현리에 도착했다.

얼마나 엑셀레이터를 밟아댔던지 안홍시장에서 월현다리 건너 내실 마을까지 10분이 채 안 걸렸다.

월현月峴

우리말로는 '달고개'

마을 이름이 참 곱다.

강림에서 월현마을 가는 길의 빨딱 고개 이름이 바로 달고개이다.

얼마나 고개가 가파르고 높은지 달도 고개를 넘어갈 때는 고갯마루에서 쉬어간다고 했을까.

36년 전, 내 첫 부임지다.

교육대학을 졸업하고도 발령을 받지 못해 난 내리 2년을 애꿎은 세월만 죽이고 있었다.

그래도 다행이랄까 서울 사시는 친척이 운영하는 업소에서 생맥주를 따르고, 영등포 시장에서 장을 봐 오고, 가리봉 공단 거래처를 돌며 외상값을 받아오며 그렇게 발령날짜만 기다리고 있었다.

장발 단속 경찰관 눈을 피해 긴 머리 휘날려 가며.

유월 초여름 더위가 시작될 즈음인 어느 날 저녁 어스름.

아버님으로부터 선생 발령이 났다는 한 통의 전보를 받아들고 며칠 후 어머니와 함께 이불 보따리를 어깨에 울러 메고 이 고개를 넘었다.

초행길이어서 더 그랬을 테지만 강림 버스부에서 타박타박 걸어오는 첫 부임지 길은 너무도 멀기만 했다.

한참을 걸어 밭두렁에서 일하는 촌로에게 학교 위치를 물을 라치면,

"쪼기 조금 더 가다 고개 하나 넘어 내려가면 바로 학교 나와유."

달고개 정상, 졸참나무 그늘에 앉아 어머니와 난 땀을 들이며 나무 아래 있는 옹달샘을 한 바가지 퍼먹었었지. 얼마나 목이 말랐으면.

"얘야, 우리 사는 동네는 여기 비하면 정말 버덩이다 그치?

무슨 놈에 사람 사는 동네에 논이라고는 한 뙤기도 없이 맨 비탈진 옥시기 밭뿐이냐? 여기 사람들 이밥 먹고 살기는 애당초 글러 먹었나 보다."

사실 난 그 학교에 3년을 근무하면서 단 한 번도 마을에서 생산되는 이밥을 구경해 보지 못했다.

마을 사람들은 삼시 세끼 옥시기 밥이 주식이었으며 명절 때 나 제사 때 옥시기 한 가마를 지게에 지고 강림 장거리까지 가 쌀을 바꿔와서는 그야말로 약처럼 요긴하게 쓰곤 했었다.

언젠가 학교 옆 하숙집에서 점심을 먹고 있는데 심부름 온 우리 반 영환이가 내 밥상에 놓인 쌀밥을 보며,

"야—! 모두 이밥이네."

그 소리를 듣고는 난 이내 숟가락을 놓고 말았었지.

목이 메어서 도저히 이밥이 넘어가지 않았기에.

얼마나 이밥에 포원抱冤이 졌으면 영환이는 그런 말을 했을까.

지금은 폐교가 된 월현초등학교 앞 다리를 건너자 내실 마을 비탈진 밭에는 호릿소 한 마리가 쟁기를 끌며 밭을 갈고 있었다.

구성진 소몰이 소리를 손바닥만 한 마을 하늘 위로 쏘아 올리며. 아직 3분의 1이 남은 상태다.

얼마나 다행이었던지. 난 길 가장자리에 차를 주차 시키고 트라이포트에 캐논 EOS 50D를 장착시켰다. 그렇게 밭 가장자리에 카메라를 거치하고는 밭을 가는 어르신을 향해 천천히 다가갔다.

아무리 급해도 일단 초상권 문제가 있기에 촬영허가를 받아야 작업이 가능하다.

예전에는 안 그랬는데 요즘에는 초상권 문제로 사진 촬영보다도 촬영허가를 받는 게 더 큰 문제다.

언젠가 오지 중의 오지 공세울이라는 마을을 지나다 거리로 밭을 가는 모습을 보고는 급한 마음에 카메라를 꺼내 마구 셔터를 눌러 대다 촬영 사실을 알게 된 그분으로부터 경을 치고, 그분 보는 앞에서 기껏 촬영한 영상을 모조리 삭제한 일도 있었다.

그 후부터는 아무리 급해도 반드시 촬영허가를 받고 나서 카메라 셔터를 눌렀다.

"안녕하세요. 어르신. 수고가 많으십니다. 밭 가시는 중이시군요? 저는 고개 너머 강림 학교 근무하는 정 교장입니다."

"아이고, 교장 선상님이 웬일로 여기까지 걸음을 하셨는지요? 저는 이 마을 사는 안치웅입니다."

"반갑습니다. 어르신. 제가 평소 밭갈이 소리에 관심이 많은 데다 지금은 흔히 볼 수 없는 밭갈이 모습을 카메라에 담아 볼까 해서 이렇게 부리나케 발걸음을 했습니다."

"에이― 제 션찮은 소리가 무신 소리 축에나 끼나요?"

"아닙니다. 어르신 제가 들어 본 소몰이 소리 중 단연 압권이십니다. 어르신 소리는….'

"참, 어르신. 저도 36년 전 이곳 월현 학교에서 3년을 근무했었습니다."

"그래요?

어쩐지 낯이 많이 익었어요. 아까부터. 혹시 이 마을 살던 철주를 기억하세요? 안철주.'

"그럼 어르신이 철주 아버님이세요?"

"아이구. 그러고 보니 오래 됐지만 아슴아슴 기억이 나는 것도 같네요. 그때 애들 태권 가르쳤던 선생님?"

"맞습니다. 제가 철주를 5학년, 6학년 연거푸 2년을 담임했었죠. 정말 반갑습니다. 정확히 36년 만의 해후네요. 그래 철주는 어디가 사는데요?"

"인천에서 식당을 하고 있어요. 그놈도 벌써 40 후반에 접어들었구먼요. 손주 놈은 벌써 대학 다니구요.'

안철주.
눈이 크고 선하게 생겼던 아이였었지.

공부도 잘했지만 운동 신경이 남달라 태권도 대회 나가면 금메달을 휩쓸고 오던.

그 녀석 마음자리 너무 섬약해 시합 나가면 그만 발이 얼어붙어 유난히 나를 애태우곤 했었고.

평소에 그 녀석 뒤돌려 차기는 일품이라 제대로 그 발차기에 걸리면 단 한방에 상대방 턱이 돌아가곤 했었지.

횡성읍에서 태권도 대회가 열리던 날.

상대방에게 얼어 얼굴이 백지장처럼 하얘 가지고 발차기 한번 못해 보고 1회전 마치고 나왔을 때, 난 그 녀석을 불러 시합장 뒤편에 데리고 가 어깨를 힘껏 눌러주며 정신 재무장을 시키고는 시합장에 내보냈었지.

"야! 안철주, 그냥 우리 학교에서 하던 대로만 해.

얼지 말고 상대 선수 노려보다 기회 나면 네 특기인 뒤돌려차기 날려 버려."

그게 주효했던지 2회전 들어 철주는 단 한 차례 뒤돌려 차기로 KO 승. 8체급 가운데 6체급 금메달을 땄다.

깡촌 학교 아이들이 도회지 시합에 나가서.

전기도, 전화도, 자동차도 안 들어오는 오지 중의 오지 산골학교가 경사가 났다. 어떻게 소식을 들었는지 학부모 전체가 달고개를 넘어 강림 장거리까지 마중을 나왔다.

손에 손에 관솔불을 들고.

그 학교 생기고 처음 맞는 큰 경사라며.

그날 저녁.

난 철주 아버지를 비롯한 선수 아버지들과 밤새도록 옥시기 동동주로 꼭지가 돌도록 마셨었다.

그 일을 계기로 부형님들의 열화 같은 성원에 힘입어 우리 반 아이들은 단 한 번도 타 보지 못한 기차를 타고 도회지 나들이를 꿈꾸며 별별 짓을 다 해가며 반장 이름으로 만든 통장에 수학여행비를 채워 넣었다.

이른 봄부터 가을까지 주천강에 나가 다슬기를 잡아 안흥장에 내다 팔았고, 여름이면 방학 내내 아카시아 가시에 손등을 찔려가며 녹 사료를 채취해 학교 옥상에 말려 자루에 넣어 강림 장거리로 지고 나가 팔고, 가을이면 옥시기 바심(옥수수 수확하기)을 도급받아 통장에 그 품삯을 차곡차곡 집어넣었다.

그해 늦가을, 우리는 난생처음 원주역에 나가 기차를 타고 서울로, 인천으로 꿈길 같은 수학여행을 다녀왔었다.

농사라고는 화전밭에 옥시기나 심어 먹던 터라 거개의 아이들은 언감생심 돈 드는 강림 장거리 중학교 진학은 어림 반 푼어치도 없던 터라 아이들은 국민학교만을 졸업하고는 가방끈을 놓아야만 했다.

빛 나는 졸업장을 받고 아이들은 이제 더 이상 갈 학교가 없는 터라 졸업식이 끝나고 해가 저물어도 집으로 돌아갈 생각을 하지 않고 어둠이 고양이 발톱처럼 내리 덮이는 학교 운동장 가를 빙빙 돌기만 했다. 이제 저물었으니 그만 돌아가라는 내 말에도 아랑곳없이.

"선생님, 조금만 더 있다 가면 안돼유?"

"…"

그때 글썽이던 아이들의 눈물방울들은 수십 년이 지났건만 아직도 내 뇌리에 또렷이 남아 있다.

그날 저녁.

난 당시만 해도 귀하기만 했던 라면을 큰 양은 솥에 끓여 눈물겨운 졸업 파티를 아이들과 했었지.

난 철주 아버지와 밭두렁에 걸터앉아 지난하기만 했던 36년 전 월현에서의 추억의 편린들을 꺼내놓고 질겅거려댔다.

"선생님, 세월이 참 빠르지요?

바로 엊그제 일 같은데 30년 넘는 세월이 후다닥 지나갔네요

비록 너나없이 없이 어렵게 살았어도 지내놓고 나니 그때가 참 좋았던 거 같아요.

그때 선생님과 술 꽤나 마셨었죠?

지금도 약주 좋아하시구요?"

"네, 예나 지금이나 지고 가라면 못 지고 가도 마시고 가라면 다 마시고 갑니다. ㅎㅎ."

그랬다.

그땐 궁벽한 산골에서 총각 선생이 할 수 있는 일은 정말 없었다.

문명의 이기라고는 전무全無한 산골이기에 더더욱.

그때 난 한창 소설이랑 열애를 하던 중이라 아침저녁 주천강 건너 무랑골 산에 올라 낭구(나무)를 해 오는 거 빼고는 관사 앉은뱅이책상에 쭈그리고 앉아 글 같지도 않은 소설 나부랭이를 끄적였고, 그도 아니면 허구한 날 라면땅(라면 과자) 한 봉지 놓고 25도 경월소주를 마셔댔었다.

벌컥벌컥.

겨울이 월현마을을 기웃거리던 토요일 오후.

철주를 따라 가정방문을 나갔다.

철주가 사는 내실 마을로. 어떻게 연락이 됐는지 마을 학부형들은 저녁 어스름 밭일을 마치고 모두 담임 선생이 진을 치고 있는 철주네 사랑방으로 몰켜(몰려)들었다.

한 손에는 명절이나 제사 때만 구경할 수 있다는 귀한 쌀을 한 봉지씩 들고.

철주 아버지는 큰맘 먹고 묵은 수탉 모가지를 두 마리나 비틀었다.

마을 생기고 처음 가정방문 나왔다는 담임 선생을 위해.

닭 껍데기 안주를 시작으로 우린 초저녁부터 벌컥벌컥 25도 이

쐬들이(됫병 소주) 소주병을 걸탐냈다.

누가 먼저랄 것도 없이 젓가락 장단에 맞춰 소리 빼기를 질러 댔었고.

"문패도~ 번지수도~ 없는 주막에~

아싸라비야, 안 나오면 쳐들어간다. 짠~짜라 짠~잔."

새벽녘.

주천강 건너 금자네 장 닭이 길게 목을 아침을 건어 올릴 때까지 그렇게 우리들의 술자리는 이어졌다.

그날 새벽 난 타는 갈증에 눈을 떠 어둠 속에서 어렴풋이 물 같은 게 보이길래 벌컥벌컥 한 사발을 마셔댔겠다.

햐! ~그 물이 얼마나 달고 시원하기만 하던지.

날이 밝고 대충 마른세수를 하고 머리맡을 보니 아불싸! 새벽녘 그렇게나 맛있게 마셔댔던 물이 철주네 콩나물을 키우는 바로 그 물이 아닌가. 이런~ 제기랄 ㅜ.

"이이구~ 선상님.

키 패나 크고 싶으셨던 모양이네요. ㅋㅋ.

다 큰 어른이 콩나물 키우는 자싯물을 그리 퍼마셔 대셨으니…"

"해장국 얼큰하게 끓였어요. 선생님 오신다고 해서 아주 귀한 걸로."

그런데 이게 무슨 비극이란 말인가.

그날 아침 철주네 집에서 나를 맞이 한 해장국은 두 다리를 활짝 벌린 개구리로 끓인 국이었다.

"속 푸는 데는 이만한 게 없어요, 선생님.
고춧가루 확 풀고 들이켜 보세요."
ㅜ ㅜ.
난 철주네 마당 가로 나가 밤새 들이부은 쐬주를 모두 반납하
고 허정허정 주천강 섶다리를 건넜다. 계속 토악질을 주천강에 쏟
아부으며.

지나간 것들은 그것이 어떤 것이든 반추하면 그렇게 아름다운
모양새로 다가오나 보다.
담배 한 개비를 맛있게 피우고 난 철주 아버지는 소 입에다 멍
을 씌우고는 순둥이 엉덩이를 슬슬 긁어 주고는 이내 비탈밭을 갈
기 시작했다.
경사가 심해 경운기조차도 들이댈 엄두가 나지 않는다는 비탈
진 밭, 그 밭을 노쇠한 순둥이가 '쌕 ~쌕' 거친 숨을 몰아서며 쟁
기를 끌면서 간다.

이러 이러 이러 어디여 이러 어디여
어ー 후 너무 가지를 말구 어라 마ー 마 골제로 들어서라.
그렇지 이러 이러 올라서
이러 이러 어ー 후

이러 이러 이러 어디여 이러 어디여 어ー 후

우리 순둥이 잘한다 어— 치 어— 후

숨도 차고 쉬었다 가자 이러 이러

— 소리: 안치옹 / 채록: 정재영

소 한 마리로 밭을 가는 호리 소리는 안소와 마라소 두 마리 소로 밭을 가는 겨리소리 보다 소리 자체가 단조롭다.

그러나 워낙 청이 좋은 철주 아버지 소리는 겨리 소리 못지않게 멋스럽기만 하다.

거기다 순둥이를 그냥 짐승으로 보지 않고 20여 년을 함께 농사지은 동반자로 대하며 살았기에 순둥이와 주고받는 대화는 훨씬 살갑고 도탑기만 하다.

소몰이 소리는 일정한 양식이 없다.

그때그때 밭을 가는 상황에 맞춰 부림소에게 소의 진행 방향을 알려주고, 일의 완급과 속도 그리고 소가 힘들어할 때, 그 힘듦을 잊게 하기 위한 칭찬을 소가 알아듣도록 얘기해 주면 된다.

온종일 긴긴 해 붙잡고 아무도 없는 텅 빈 골짜기에서 유일하게 이야기를 주고받을 수 있는 대화 상대는 오로지 소뿐이었기에 소몰이꾼들은 자신이 하고픈 이야기를 그렇게 소랑 나누었다.

아주 오래전 내 고향 마을에도 소몰이 소리 잘하는 중희 아버지기가 계셨었다.

얼마나 청이 좋고 소리가 유장한지 그 어르신이 소를 앞세워 소몰이 소리를 할라치면 전답에서 농사일하던 농사꾼들도 앞 개울에서 빨래하던 동네 아낙들도 하교하는 어린 꼬맹이들조차도 하던 일을 멈추고 그 자리에 서서 중희 아버지 소리에 귀를 기울이곤 했었다.

"지금 쟁기질하는 저 녀석 벌써 스무 살이구먼요.

우리 사람 나이로 치면 구십도 넘은 늙다리예요.

저 녀석 세 살 때, 부림소로 일 가르치고 벌써 17년째 저랑 같이 매년 봄만 되면 밭을 가는구먼요.

이젠 기력이 쇠해 많이 힘들어해요.

예전에는 쉬엄쉬엄해도 하루 천 평 가는 건 식은 죽 먹기였는데… 이젠 서너 고랑만 갈아도 '쌕—쌕'숨 차 하는 거 같아 쟁기질하면서도 마음이 많이 아프구먼요.

그래도 사람이나 짐승이나 늙어서도 꿈지럭거려야 건강 유지 하잖아유. 그래서 안쓰러워도 봄 되면 또 저 녀석 등에 소 쟁기를 얹는구먼유."

결국 철주 아버지는 다섯 고랑을 다 갈지 못하고 밭 모롱가지 뽕나무 뚜거지 아래 순둥이이를 세워놓고 말았다.

더 이상 무리를 하면 순둥이가 쓰러질 거 같다며.

"선생님 보시기에도 저 녀석 참 잘 생겼죠?

20여 년 전. 저 녀석 횡성 우시장에서 부림소로 한눈에 알아봤다니까요.

부림소는 모름지기 체격 좋고, 발 모강지 몽탁하고, 뿔이 안으로 구부러져야 제격이예요.

돌밭 밟으려면 평발은 절대 안 돼요.

그리고 뿔 버쩍 선 놈은 승깔 드러워 쟁기질 못 가르쳐요.

지가 지금 농사짓는 밭이 칠천 평입니다.

지 나이에 비해 적지 않은 양이죠.

예전 같으면 에헴 하고 방구석에 틀어박혀 해다 주는 밥이나 먹고 자리보전할 그럴 나이인데. 이렇게 꾸부렁 거리고 있구면요.

저 녀석 없이는 어림도 없어요.

비탈진 밭이라 트랙터도 경운기도 아무 소용이 없으니 그저 저 녀석 의지해 쟁기질로 농사지을 수밖에요.

그래도 저 녀석 이름처럼 참 순해요.

저리 늙어 힘없어도 등허리 '툭툭' 치고 머리 한 번 쓰다듬어 주면 군말 없이 따라나서니까요.

그나저나 순둥이 저 녀석도 올해만 쟁기질시키고 이젠 그만 놔줘야 할 거 같아요.

말 못 하는 짐승이지만 지가 왜 모르겠어요.

이제 그만 은퇴시키려구요.

그러고 보면 소 밭갈이하는 사람도 제가 마지막이 될 거 같네요. 적어도 이곳 횡성에서는.

지난해 한우 축제 때 저 녀석 데리고 축제장 나가 밭갈이 시연하면서 군청 담당자 얘기 들어보니 횡성 관내 어디를 둘러봐도 저처럼 소로 밭갈이하는 사람은 단 한 명도 없다고 하시네요.

지가 그만두면 이곳에서 소 쟁기질은 완전히 맥이 끊긴다고.

하긴 트랙터로 뚜르르 한나절 로터리 치면 몇천 평 작업은 식은 죽 먹기인데 어느 누가 소로 밭을 갈겠어요.

또 소로 밭갈이하는 거 배우려는 젊은이도 없을 테구요."

마지막이란 말밥은 그저 되뇌는 것조차 안쓰럽다.

담배 연기와 함께 나지막한 목소리로 철주 아버지 입에서 쏟아져 나온 '마지막 밭갈이 소리꾼'은 이명처럼 한참을 내 뇌리에서 떠나지 않았다.

."저 순둥이 녀석과 헤어져야 한다는 생각을 하면 자다가도 벌떡 일어나요.

다 늙어빠진 저 녀석을 우시장에 내 다 팔 수도 없고, 그렇다고 얄팍한 내 욕심만 챙기려 고기소로 내놓을 수도 없고.

그냥 저 녀석 천수 다할 때까지 일 시키지 않고 살뜰히 거두려구요.

그리고 눈 감으면 당국에 허가받아 우리 밭 끄트머리 양지바른 곳에 묻어 줄 생각입니다. 하긴 저 녀석보다 지가 먼저 가면…

그땐 집에 있는 할멈이 내 대신해 줄 테지요."

색 바랜 훈장처럼 주름진 철주 아버지 눈가에 눈물이 그렁였다.

"선생님, 출근하셔야지요?"

"네, 여기서 십여 분이면 갈 수 있는데요 뭐."

"맛은 없지만 모처럼 오셨는데 요 아래 저희 집 가서 봉다리 커피라도 한잔하고 가세요.

집사람 있으면 아침진지라도 대접해 드려야 하는 건데 집사람 놀기 심심하다고 고개 너머 예버덩 마을에 고랭지 여름 배추 모종 심으러 갔어요.

늙은이도 하루 어정어정 대면 십만 원 준다고 하네요.

품값이 장난 아니죠?

아~ 아닌 말로 십만 원이면 쌀 반 가마값이잖아요.

예전에는 지가 소 끌고 가 종일 밭 갈아도 쌀 닷 되 밖에 못 받았는데…."

내실 마을.

주천강 언덕 위에 자리한 철주네 집은 36년 전 내가 이곳 학교 근무할 때 그 모습 그대로였다.

야트막한 슬레이트 지붕 위에는 어느새 자란 바가지 순이 자리를 틀고 앉아 아침 햇살에 민낯을 드러내놓고 있었다.

전형적인 '배산임수背山臨水'.

집 뒤로는 그리 높지 않은 산이 바람 막아주고, 집 앞으로는 주천강이 다리밭마을을 향해 유유히 흐르고 있다.

풍수지리에 관해 문외한인 내가 보기에도 철주네 구옥舊屋은 명당이었다.

"어르신네 집이 참 안온하게 자리 잡고 있네요."

"다들 우리 집터 좋다는 말 하곤 해요.

이래 봬도 우리 집 지은 지 60년이 넘었구먼요.

지가 장가갈 때 지었으니까요.

저희 부친께서 아들네미 새색시 맞이하려면 집 같은 집 우그려야한다면서 당시로서는 꽤나 공력을 들이고 신경을 써 지은 집이예요.

그전에는 아래 웃방 두 칸짜리 오막살이에서 살았거든요.

순전히 마을 사람들 울력을 받아 지었어요.

며느리를 맞아들일 사랑방에는 당시로서는 최신식인 짚자리 대신 비료 푸대에 콩물을 먹인 장판을 깔았구요.

웃마을 속담에 참한 처자가 있다는 중신 아줌니 말만 듣고 딱한 번 마누라 될 여자와 맞선이라는 걸 보고는 바로 날 잡고 장가를 갔었죠.

처갓집이 걸어서 20여 분 거리라 저는 걷고 신부는 가마 타고 저 위 자들박을 넘어서 대례청이 있는 우리 집 마당에 들어섰구요.

그날 밤, 신방을 차린 사랑방에는 불을 껐는데도 불구하고 짓궂은 마을 친구들 문 창호지에다 구멍을 뚫고는 어여 신부 옷고름을 풀라고 어쩌나 야단법석을 떨던지…

마누라 옷고름을 푸는데 얼마나 덜덜 떨었는지 몰라요.

60년이 지난 지금도 그날 밤 기억을 떠올리면 가슴이 이렇게 후당당 거립니다.

바로 엊그제 같은데 60년 세월이 이렇게 후딱 지나갔네요.

나이 80 넘으면 세월 가는 속도가 시속 80km라고 하죠?

마누라가 저보다 세 살이 더 많아요.

원래 그 나이 때는 같은 나이라도 여자들 정신 연령이 남자보다 더 높다고 하잖아요.

신방에 들어오기 전 마누라 친구들이 일부러 새신랑 애먹이느라 저고리 고름을 쉽게 풀지 못하게 8자 매듭으로 몇 번이나 훑켜 맸던지 당최 저고리 고름 풀지 못하고 쩔쩔매는 제 손을 잡고 마누라가 어둠 속에서 찬찬히 매듭을 풀어주는 바람에 겨우 저고리를 벗길 수 있었다니까요."

훈장처럼 깊게 파인 주름 사이로 잔잔한 미소와 함께 진홍색으로 얼굴이 붉어지신다. 나이 들어도 부끄러운 건 여전하신가 보다.

"비록 사는 형편이 그러해 국민학교만 겨우 마치고 이날 이때까지 여기서 못 벗어나고 땅 파먹고 살지만 남한테 아쉬운 소리 안 하고 남한테 손가락질 한 번 받지 않고 그런대로 잘 살아온 거 같아요.

아이들은 이제 농사 그만 접고 즈들 사는 아파트로 오시라고 집에 올 때마다 경 외듯 얘길 하지만 꿈지럭거릴 수 있을 때까지는 여기서 농사지으며 살려구요."

그랬다.

그는 집 앞에 있는 월현국민학교 졸업하자마자 다리밭마을에 있던 서당 3년 다니고 나서부터 열다섯 꽃다운 나이에 지게를 지고 아버지 따라 농사를 시작했다.

그 당시만 해도 강림에는 중학교가 없고 30여 리 안흥에 나가야만 중학교가 있었기에 그는 일찌감치 가방끈을 놓고 말았다.

그도 그럴 것이 농사 시답잖게 지어 올망졸망 8남매 공부 가르친다는 건 애당초 어림 반 푼어치도 없는 노릇이었기에.

그래도 어린 치웅 씨는 그러는 아버지가 못내 야속하기만 했었다.

지게를 지고 아버지를 따라 화전 밭을 갈라치면 달고개 머리에서 곧잘 까만 모자에 교복을 입고 책가방을 든 중학교 진학한 친구들을 만나곤 했었다.

그러면 그는 가던 걸음을 멈추고 샛길로 가곤 했다.

그는 아버지 몰래 샛길 모롱가지에 서서 한참을
'꺼이꺼이' 목을 꺾었다.

솔직히 그땐 어린 마음에 중학교 못 보내준 부모가 그리 미울 수가 없었다.

다 지나간 옛날 일이지만 그때 생각만 하면 지금도 가슴이 미어진다고 한다.

배움의 한限은 그렇게 오래 가는가 보다.

"그때 어린 마음에도 큰 결심을 했어요.

비록 나는 이 모양새로 못 배우고 말았지만 어떻게 해서라도 내가 커서 아이를 가지게 되면 그 녀석들은 남 부럽지 않게 공부시키겠다고."

그래서 그는 남들보다 일찍 밭일을 나가고 어두워져서야 집으로 귀가했다.

어린 나이였지만 남들은 엄두도 못 내는 쟁기질도 아버지한테 핀퉁아리(핀잔)를 연실 들으며 배웠고, 천상 소리꾼이셨던 아버지 한테 밭갈이 소리도 나름 열심히 배웠다.

그 결과 장가가기 전 그는 동네서 둘째가라면 서러워할 정도로 쟁기질 잘하고 소몰이 소리 잘하는 선군(소 쟁기질꾼)으로 자리매 김 했다.

어디 그뿐인가 기억력이 남다르고 절대음감까지 지녔던 그는 한 번 들은 소리는 절대 놓치질 않았고 더 나가 자기만의 소리로 만 들어 갔다.

이런 걸 득음이라고 하는가 보다.

밭갈이 소리인 호리 소리, 겨리 소리는 물론 논 가는 소리, 논 삶는 소리, 횡성만의 아라리인 어러리타령 등 못 하는 소리가 없었다.

그가 겨리 소 앞세워 구성진 소리를 손바닥만 한 골타데이(골짜 기)에 쏟아놓을라치면 마을 사람들은 하던 일손을 놓고 일제히 그 의 소리에 귀를 기울였다.

빨래하던 아낙들은 유장하기만 한 그의 소리에 눈물을 훔치기 도 했고.

그뿐인가

마을 사랑방에 모여 막걸리 추렴이라도 하는 날이면 그의 어러 리 타령은 마을 사람들 귀를 호강시키고 마음을 힐링시키는 소리 공양의 전도사가 되곤 했다.

소리의 갈피에 녹아 있는 평온과 희망은 핍진한 마을 농사꾼들의 마음을 덥혀주는 따스한 양식이었다.

'귀로 마시는 곡차.'

그의 소리가 그랬다.

그의 유일한 낙은 오로지 소리뿐이었다.

그는 소리를 함으로써 못 배운 가난의 설움을 잊을 수 있었고, 고되기만 했던 농사의 고단함과 힘듦을 극복할 수 있었다.

소리는 노래와 사뭇 다르다.

노래는 즐기기 위해 부른다.

허나 소리 자체는 자연스런 우리들 삶의 표현양식이었다.

삶에서 느껴지는 갖가지 사유들을 그저 숨김없이 드러내는 것이 소리고 민요이었기에.

농사꾼들에게서 소리는 삶, 그 자체였다.

소리 없는 농사일은 생각할 수 없을 정도로.

그런 소리들이 안타깝게도 농업의 기계화로 우리네 마을에서 우리네 농촌에서 사라져가고 있다고 치웅 씨는 안타까움에 입맛을 쩝쩝 다셨다.

"소리 공양이라고 했어요.

제가 다니던 서당 훈장님은.

소리로 사람들 즐겁게 해 주는 것도 부처님 전에 큰 공덕 쌓는 일이라면서.

공덕을 쌓으려고 소리를 한 건 아니었지만 소리를 하는 순간 저는 즐거웠고 그냥 행복했어요."

사실 얼마 전까지만 해도 횡성 어디 메에도 소리는 늘 상 있었다.

이름 모를 골타데이(골짜기의 토박이 말)나 마을 고샅길에서 만나는 사람들 누구라도

횡성 어러리 한가락쯤은 불러 제킬 줄 아는 게 우리 고장 횡성이었다.

이 얼마나 멋스런 고장인가.

그러나 안타깝게도 이제 그 소리는 우리 주위에 없다. 전설처럼 사라져 버렸다.

깊은 골 너른 벌 푸른 강물에 잠겨버린 세월처럼 그렇게 아슴아슴 잠겨 버렸다. 그러나 그 소리는 이 땅에 살던 이 땅에 사는, 그리고 이 땅에 살아갈 사람들의 마음에 늘 남아 있어야 한다고 철주 아버지는 봉다리 커피를 내게 건네며 힘주어 말씀하신다.

그것은 우리 모두가 발 딛고 사는 이 땅에 대한 예의일 런지도 모른다면서.

철주 아버지가 말씀하신 소리 공양이라는 말밭을 더 올리면서 뜬금없이 안도현 시인의 시 한 구절이 떠올랐다.

싸리꽃을 애무하는 산山벌의 날갯짓 소리 일곱 근
몰래 숨어 퍼뜨리는 칡꽃 향기 육십 평
꽃잎 열기 이틀 전 백도라지 줄기의 슬픈 미동微動 두 치 반
외딴집 양철지붕을 두드리는 소낙비의 오랏줄 칠만구천 발
한 차례 숨죽였다가 다시 우는 매미 울음 서른 되

―「공양」/ 안도현 시詩

산 벌들의 일곱 근이나 되는 날갯짓 소리 공양, 백도라지 슬픈 미동 두 치 반, 소낙비 랩소디 칠만 구천 발, 그리고 매미 울음 서른 되가 함께 해야 비로소 한 송이 꽃이 꽃대를 밀어 올린다니.
우리네 삶도 그렇게 꽃피워질 테지.
삼라만상이 모두 부처라고 했던가.
소리 공양을 올리는 철주 아버지도 그 소리를 듣고 삶을 꽃피우는 농사꾼들도 그러고 보면 모두 다 부처이리라.

"철주 아버님, 세상이 아무리 변해가도 철주 아버지 그 멋진 소리 꼭 간직하고 오래오래 건강하게 사세요.
순둥이 은퇴하면 대타로 부림소 한 마리 횡성 우시장 가 사 오셔서 일 가르쳐 쟁기질 이어 가시구요."
"고마워요, 선생님.
그렇잖아도 올가을 횡성 한우 축제 때 소 끌고 나와 밭갈이 시

연해 달라고 군에서 연락이 와 요즘 연습하고 있어요.

소리도 자주 안 하면 잊어버려요.

팔십 넘으니 기억력도 당최 예전 같지 않네요.

자꾸 가사도 까먹고."

아침진지 대접 못 해 드려 어쩌냐는 말을 연실 입에 다시며 마당 가 닭장에서 아직 온기가 남아 있는 달걀 하나를 건네신다.

너무 고소하다.

그리고는 뒤란에서 어제 딴 거라며 표고버섯 한 봉다리를 건네주신다.

달도 숨이 차 쉬었다 간다는 달고개에는 마냥 봄이 농익어 가고 있었다.

멀고 가까운 올망졸망한 산자락 개벚나무들은 하얀 꽃등 흐드러지게 달고 지나는 길손들에게 수줍은 미소 풀풀 날려 쌌고.

유장하게 흐르는 주천강 강가에는 선홍빛 복숭아꽃들이 현란한 빛의 잔치를 벌이고 있었다.

봄은 그저 바라보는 것만으로도 자못 설렌다.

그냥 좋다.

달고개를 내려서는 내 귓가로 비탈밭 갈면서 숨 차 '색색'거리던 순둥이 거친 숨소리, '짤랑'거리던 워낭소리, 그리고 구성진 철주 아버지 소몰이 소리가 들려오는 듯해, 난 연실 봄이 농익어 가는 달고개 언덕배기를 뒤돌아봤다.

태기왕을 찾아서

거짓말처럼

오구굿 다음날부터 "꺼이~ 꺼이." 가슴속 뒤흔들어대던 태기왕의 그 처연스럽기만 하던 울음소리가 태기마을에서 감쪽같이 사라졌다.

불면의 밤 지새우던 마을 사람들도 다시 깊은 잠 들 수 있게 됐고.

산골의 겨울 해는 지랄스레 짧기만 하다.

다섯 시 채 안 됐는데도 어느새 사위는 고양이 발톱 같은 까만 어둠들이 들─날쑥 거리며 태기산 골타데이를 오르내리고 있었다.

일찌감치 퇴근하고 지핀 군불로 숙직실 옆 내 방은 진즉부터 잘잘 끓고 있었다. 역시 참낭구 장작이 화력은 최고다.

"증─ 선생, 한 따가리 해야지?"

"학부형이 저녁때 가져온 그럴싸한 안주 '날 빨리 드슈─' 하면서 눈 껌벅거리고 있다고."

"분교장님, 어떤 안준데요?"

"산골 최고 보양식. 기대해 보셔. 지난번 마시다 만 이쐬들이(뒷병) 쐬주도 칠 홉 병은 실히 남아 있어."

자칭 교포(교감 승진 포기)교사다.

낼모레면 환갑 바라보는 그.

이곳 태기 분교 온 지 벌써 3년째.

어느 누구도 오려고 하지 않는 오지 중의 오지지만 그는 이곳이 최고의 지상낙원이라는 말, 늘 입버릇처럼 달고 산다.

그도 그럴 것이 이곳 분교는 가히 그만의 왕국이다.

일 년 열두 달 어느 놈 하나 뭐랄 놈 있나, 그 흔한 학부모 민원이 있길 하나. 교육청 장학사도 이곳은 올 엄두를 못 낸다.

거개의 사범학교 동기들이 교장이 다 됐건만 그는 아직도 평교사다.

문명의 3무(無―전기, 전화, 자동차) 오지답게 분교장님이 머무는 단칸방 관사엔 흐릿한 석유 램프 불빛이 꺼물럭거리고 있었다.

태기산 꼭두배기에 위치한 터라 겨울밤이면 놉새바람이 장난 아니다. 바로 옆 관사 가는 길이었지만 난 두툼한 오리털 파커 깃을 귀까지 잔뜩 올려붙였다.

낭구(나무) 하나는 풍부한 터라 분교장님 머무시는 관사 아랫목은 짤짤 끓고 있었다.

나보다 일 년 먼저 발령받아 온 분교 유일한 여 선생님인 양 선생님도 이미 와 있었다.

"어여! 들어오셔. 증 선생.

오늘 스페셜 요리라 특별히 양 선생도 내 불렀어."

투박한 질화로 위에는 벌건 참낭구 숯이 이글거리고 그 위에는 노란 양은냄비가 구수한 냄새를 풀풀 부리며 들펀덩 거리고 있다.

오랜 자취 생활을 증명이라도 해주려는 듯 양은냄비는 적당히 찌그러지고 그을려 있었다.

"성골 고라데이에 사는 진 이장이 오후에 가져왔어. 집 앞 개울 얼음 깨고 잡은 거래. 알 가진 암개구리가 많아.

오늘은 귀한 들지름도 듬뿍 넣었으니 제법 입맛 땡길거야. 한 따가리들 하자고.

아! 아닌 말로 귀양터 같은 이곳에서 이런 재미도 없음 어이 사노. 안 그런가?

산골 쐬주 안주로는 이놈만 한 게 없지.

양 선생, 이젠 깨구리 먹을 만하지? 첨엔 몬도가네 음식 보듯 십리는 줄행랑 놓더니만. 이젠 없어 못 드시지?

로마에 가면 로마법 따르라잖아

안 그런가? 증 선생.

오늘도 깨구리 다리만 골라 드실 건가?

깨구리는 고거 대가리부터 아작아작 씹어야 제맛이 난다고. ㅎㅎ."

산골개구리.

이곳 태기산 자락 화전민들에게는 없어서는 안 될 소중한 단백질 공급원이다. 고기라고 해봐야 추석 설 명절, 그리고 제사 때나 한 절음 맛볼 수 있고 그 외에는 단백질 공급원이 전무 한 상태다. 그래서 화전민들은 추운 겨울 냇가에 나가 얼음을 깨고 시린 손 호호 불며 개구리 사냥에 나선다.

개구리는 보통 숯불에 구워 먹거나 갖은 양념에 볶음탕으로 해 먹지만 간혹 짠지(김치) 이파리 넣고 국을 끓이기도 한다. 해장 술국으로는 최고라며.

언젠가 학부형 집에서 밤새 개다리소반 젓가락으로 두드리며 댓병 쐬주 바닥낸 적이 있는데 그날 아침 밥상머리에 바로 그 개구리 국이 나와 기함을 한 적이 있다.

한결같이 네 다리 큰 댓 자로 벌리고 국그릇 위에 엎어져 있는 걸 보고 난 잿간으로 달려가 속에 든 걸 모두 토악질해 댔었다.

그때 데미지로 한동안 개구리 요리는 젓가락이 가지를 않고 그야말로 깡소주만을 마셨다. 허나 그것도 이곳 태기산 생활 1년 지나고 나니 시나브로 언제 그랬냐는 듯 개구리 안주 걸탐을 한다.

그야말로 없어 못 먹는다.

이젠.

적응이라는 게 참 무서운 거 같다.

노처녀 양 선생님도 그랬을 테고.

"요즘도 안개 낀 날 밤이면 그놈의 울음소리 들리남?"

"네, 그런다고들 해요. 마을 사람들이 지난주 목요일 저녁, 지독히 밤안개 끼었던 날도 태기산 꼭대기에서 간간이 울음소리 들렸다고 하던데요."

"내가 그래서 이장한테 긴히 부탁드렸구만. 올겨울에는 태기왕을 위한 당제 꼭 올리자고. 틀림없어. 회한의 태기왕이 편히 눈 감지 못하고 아직도 이곳 태기산 자락 떠도는 걸 거야. 그래서 안개

긴 밤이면 태기왕 회한의 울음소리 들리는 거여.

맨 처음엔 무신 귀신 씨나락 까먹는 소리냐고 펄쩍 뛰더니 이젠 많은 주민들도 그럴 수도 있겠다며 고갤 끄덕여."

그랬다.

이곳 해발 1,264m 태기산 자락에 화전민 마을이 형성되고 얼마 안 되고부터 안개 낀 밤만 되면 구슬프고 처연스런 남정네의 흐느끼는 듯한 울음소리가 손바닥만 한 골타데이를 흔들어 놓았다.

중저음의 낮은 울음소리.

"우— 웅 우— 웅…."

처음에는 참나무 나목을 스치는 겨울바람 소리려니 여기며 무심히 넘기려 했다. 허나 한 파수가 멀다 하고 안개 낀 밤이면 들려오는 그 울음소리에 마을 사람들은 하나둘 잠을 설치고 예민한 사람들은 아예 하얗게 겨울밤을 지새곤 했다.

하지만 그게 뭐 좋은 소식이냐며 그 누구도 그 괴이한 울음소리를 입에 올리지는 않았다. 터부처럼.

내가 그 울음소리를 들은 건 이곳 태기산 분교에 발령받고 난 후 한 달이 지나서였다. 여름이 농익어 가는 7월 중순.

교육대학을 졸업하고 첫 발령지.

'태기 분교.'

대학을 졸업하고 만 2년을 할 일 없이 놀았다.

빌어먹을, 한 치 앞도 내다보지 못하는 근시안적인 문교 행정에 우리들만 엄한 덤터기를 쓴 꼴이다. 선생 모자란다고 고등학교 졸업자들 '뚝딱' 몇 달 연수 시켜 준교사라는 자격증 하나 들려 전국 방방곡곡으로 내모는 바람에 정작 우리 교대생들은 성적 상위 10%만 발령을 받고 나머지들은 그저 부지하세월로 애꿎은 세월만 죽이고 있었다.

더러는 분만 대치 강사로 몇 달 선생 노릇하고, 면서기 시험 봐 궁벽한 산골 면사무소에 가 주민등록을 발급하고, 아버지 따라 시골 논밭 누비며 지게질하고, 그도 저도 아니면 노가다 판으로 뛰어들어 일당을 챙겼다.

나도 면서기 하다 5·16 바람에 졸지에 퇴출당한 아버지를 따라 고향 마을에서 모내기 품앗이를 따라 다니고, 가을에는 한 달여 탈곡기를 종일 밟으며 어설픈 농사꾼 흉내를 내고 있었다.

틈틈이 등잔불 심지 돋우며 되지도 않는 소설 쓰네, 모나미 볼펜만 축내면서.

그러다 마침내 연락이 왔다.

정식 선생 발령이 났다고.

그 첫 학교가 바로 이곳 태기산 꼭대기에 위치한 태기분교.

발령받은 지 채 일 년도 안 된 선생이 도저히 못 해 먹겠다고 갑자기 사표를 내던지는 바람에 생긴 자리였다.

"글을 쓰신다고 했죠? 정 선생님. 다른 건 몰라도 책 읽고 글 쓰시기에는 그만한 곳 없을 거예요. 눈 꾹 감고 2년만 고생해요. 2

년만 있음 틀림없이 읍내로 보내 드릴께요. 신들메 단단히 하고 가세요. 그곳 오름이 만만치 않을 거니. 오히려 그런 곳 정 붙이면 도회지보다 더 나을 수도 있어요. 건투를 빌께요."

발령장을 주며 인사계 장학사는 묻지도 않은 말을 장황하게 내게 들려줬다.

읍내서 하루 고작 세 번.

그 버스를 타고 흙먼지 풀풀 날리는 비포장 길 한 시간 달려 본교가 있는 봉덕마을에 내리니 어느새 들녘에는 농부들이 저녁 새참을 먹고 있었다.

장학사 당부대로 운동화 끈 단단히 조여 매고, 버스 차부 구멍가게에서 끈을 얻어 들고 온 트렁크를 어깨에 짊어졌다. 얇은 카시미론 이불과 간단한 살림 도구들로 트렁크 짐은 제법 무거웠다.

토끼길 같은 산길을 걸었다.

타박타박.

신대리를 지나 성골 꼭대기에 제비집처럼 얹힌 신대분교를 향해.

사십여 리 길.

먼 거리다. 등에 짐 지고 걷기에는.

트렁크를 짊어진 등에서는 연실 땀이 흐른다.

성골에서 태기마을을 오르는 막바지 고갯길은 가히 등산 수준이었다. 거의 직벽에 가까운 바윗길을 허위 허위 한 시간여 오르자 갑자기 시야가 확 트이며 태기산 맨 꼭대기 분지에 위치한 화전민 마을이 눈에 들어온다.

오래전 태기왕이 박혁거세와 마지막 일전을 치른 터라고 한다.

마을 앞은 나는 새도 접근하기 어려운 천야만야한 절벽이고, 마을 뒤는 1000m 넘는 태기산이 병풍처럼 둘러쳐 있다.

배수진으로 최고의 자리다.

'태기분교'

정확히 말하면 봉덕국민학교(그 당시는 초등학교가 아니고 국민학교였다) 태기 분교다.

해발 1,264m 고산에 위치한 하늘 아래 첫 학교.

1965년 강원도는 도내에 흩어져 있는 화전민들을 위한 '화전민 정착사업'을 대대적으로 벌였다. 명분은 산림 보호에다 당시 집시처럼 유랑하는 화전민들을 한곳에 모아 그네들에게 살길을 열어주고 화전민도 효율적으로 관리하겠다는 양수 겸장 차원에서. 도내 이곳저곳에서 떠돌이 생활하던 화전민들이 한 집 두 집 보따리를 싸 이곳 태기산 자락으로 모여들었다.

74가구 399명의 주민들이 모여 마을을 이루었다.

그네들은 미국 원조 밀가루로 연명을 하며 태기산 험한 비탈을 개간했다. 원시림에 가까운 산에 나무를 베고, 풀을 깎고, 불을 지르고, 나무뿌리를 캐내며 한 치 두 치 화전밭을 일궈 나갔다.

정말 피나는 노력이었다.

그래도 그네들은 내 땅이 생긴다는 장밋빛 희망에 부풀어 힘든 줄 모르고 땅을 팠다. 이적지 내 땅이라곤 한 꼬레이도 없던 그들이었기에 땅에 대한 믿음도 대단했다.

그들은 그곳에 옥시기를 심고, 메물을 풀고 당귀를 심었다.

하지만 워낙 고산지대라 논이라곤 단 한 마지기도 없었다. 그래서 그네들은 둔내장에 약초를 짊어지고 나가, 귀한 쌀로 바꿔 조상님들 제삿날에 이밥으로 메를 올렸고, 추석과 설 명절 차례상에 이밥을 조상님께 바쳤다.

유일하게 이밥을 얻어먹는 날이 바로 그 날이었다.

화전밭이라는 게 산에 불을 지르고 3년 정도 밭을 부쳐 먹고 나면 지력이 떨어져 더 이상 농사를 지을 수 없는 터라, 그네들은 3년이 되는 해 가을이면 어김없이 새로운 화전을 위해 보따리를 싸야만 했다.

그래서 그네들 자녀들은 정규교육을 받을 수가 없었다.

유랑민의 후예답게.

부모들은 갓난아이를 지게에 지고 가 화전밭을 팠고, 조금 커제 발로 걷게 되면 행여 혼자 놀다 사고라도 날까 염려돼, 발목에 새끼줄을 매 근처 낭구에 매어놓고 긴긴 여름 해를 났다.

아이들은 그렇게 방목하는 소처럼 저절로 컸다.

조금 더 자라 제 앞가림하게 되면 여자아이들은 등에 동생을 포대기 끄려 업고 화전밭 가를 종일 서성였고, 사내아이들은 화전밭 옥시기 뿌리를 괭이로 캤다.
　그런 터수니 무신 놈의 학교를 다닐 수 있었겠는가.
　그게 화전민들 한이었다.
　자식들 못 가르치는 한.

　아버지 학교에 보내주세요
　저 건네 저 아이들을 바라보세요
　깜장초마 흰저고리 책보를 끼고
　학교에 가는 것이 나는 부러워

　나도 어머니가 살아 계시면
　매일 아침 머리 곱게 빗겨주시고
　학교 가라 학교 가라 하시건마는
　어찌되어 요 내 신세 요리 되었나

　춘자야 춘자야 울지를 마라
　니가 울면 내 눈에서 피가 흐른다
　사랑하는 아버지는 소용없더라

　—'아버지 학교 보내주세요' (이곳에 구전되는 소리)

아이들은 고무줄놀이를 하며, '이거리 저거리 각거리 놀이'를 하며 가슴에 맺힌 못 배움의 한을 이렇게 노래했다.

그래서 마을 사람들은 이곳에 정착을 하게 되자마자 제일 먼저 서두른 게 학교설립이었다.

비록 자신들은 평생 부데기(화전밭) 쫓아 남부여대하느라 일자무식으로 평생을 살았지만, 이제는 이곳 태기산에 뿌리를 내리고 살게 됐으니 당신의 아이들만은 무식쟁이를 만들어서는 안 되겠기에 그네들은 열 일을 제치고 아이들을 가르치기 위한 그 일에 팔을 걷어붙였다.

그래서 그네들 태기산 정착하고 3년째 봄.
드디어 기성회장을 맡고 있는 진 이장네 헛간에 학교를 열었다.
1968년이다.

당시 미군 원조 기구였던 '케어(CARE)'를 찾아가 현안을 설명하고, 군수를 찾아가고, 방송국에 호소를 해 68년 봄. 백 평 남짓한 정식 학교가 문을 열게 되었다.
'봉덕국민학교 태기분교'.
2 복식(한 교실에 두 학년이 함께 공부하는 형태) 3학급.
너도나도 집에서 동생을 돌보고, 옥수수 뿌리를 캐던 아이들이 학교로 몰려들었다.

그렇게 해서 150명이 모였다.

대단한 숫자였다.

이적지 학교 문턱이라곤 생전 처음인 아이들이라 학생들 나이도 천차만별이었다

내가 담임한 6학년에는 얼굴에 수염이 새카만 떠거머리 총각들이, 봉긋한 젖가슴의 다 큰 처녀들이 수두룩했다.

조회 시간에 아이들 뒷줄에 서 있으면 누가 선생인지 누가 학생인지 당최 구별이 안 될 정도로.

궁벽한 산골 태기분교에서 내가 할 일이라곤 5, 6학년 복식학급 스무 남은 명 수업 마치고, 시답잖은 소설 나부랭이를 끄적거리거나, 술을 마시는 일 외에는 당최 할 일이 없었다.

술자리 없는 날은 이른 저녁 한술 뜨고 습관처럼 200자 원고지와 모나미 볼펜 한 자루 챙겨 빈 교실을 찾곤 했다. 같은 공간이라도 내 방보다는 교실이 훨씬 집중력 높아지기에.

또한 무시로 마을 사람들이 술 마시자며 내 방을 들락거리기에 그것도 피할 겸.

신춘문예 병 앓은 지 벌써 삼 년째다.

지난겨울에도 내 소설이 모 신문 최종심에 올랐다 또 쓴 고배를 마셨다.

심사평에 개성적인 서사나 표현은 좋은데 작위적이라는 게 탈락

의 이유였다. 도대체 작위적이지 아닌 소설이 어디 있는 데.

난 심사위원 놈들을 술상 위에 올려놓고 일주일 내내 통음痛飮을 했고, 다시는 소설 같은 거 쓰지 않겠다며 꽁꽁 언 밭에 나가 볼펜으로 꾹꾹 눌러 쓴 소설 원고에 성냥불을 그어댔다.

그러다 늦가을, 또 신문에 신춘문예 공고가 나면 모나미 볼펜을 다시 집어 들었고.

노름, 술 중독이 무섭다 하지만 이놈의 신춘문예 병도 그에 못지않았다.

'사각— 사각'

200자 원고지 그 사각의 틀 안에 내 사유와 감성을 담아 넣고 있을 즈음 어디선가

'우— 웅 우— 웅'

중저음의 낮은 울음소리가 들려왔다.

팔목시계를 보니 11시를 막 넘어서고 있었다.

난 교실 창문을 조심스레 열어젖히고 울음소리가 나는 쪽을 향해 눈과 귀를 날카롭게 세웠다.

울음소리는 그렇게 서너 차례 골타데이를 잡아 흔들다 '툭' 멈추고 다시 칠흑 같은 밤의 정적이 이어졌다.

그리고 한 십여 분 후 다시 똑같은 울음소리가.

창문 너머 태기산 깊은 골타데이는 지독한 안개가 산허리를 칭칭 휘감고 있었다. 오직 농염한 안개만이 살아 움직이는 듯 마을

은 고요 속에 침잠한 채.

골바람이 소나무 가지를 흔드는가 보다 생각했다. 대수롭지 않게. 하지만 안개가 마을을 휘감는 날 밤이면 어김없이 그 울음소리는 태기 화전민 마을을 뒤흔들어댔다.

'우─ 웅 우─ 웅'

창문 틈새로 들어오는 바람에 램프불은 바람결 따라 흔들리고, 그 울음소리는 흔들리는 램프 불빛을 타고 아무도 없는 빈 교실을 비집고 들어왔다. 소리굽쇠의 여운처럼. 그 울음소리는 빈 교실을 한 바퀴 휘돌고는 곧장 내게로 다가왔다.

모골이 송연하다는 표현은 그럴 때 쓰는가 보다.

공명상자처럼 그 소리는 내 온몸의 솜털들을 일제히 잡아 일으켜 세웠다.

무서웠다.

솔직히.

난 책상 위에 원고지와 볼펜을 그냥 내 버려둔 채 도망치듯 빈 교실을 빠져나왔다.

금방이라도 누군가 등 뒤에서 날 잡아챌 것만 같아서.

등에서는 식은땀 촉촉이 흐르고. 그런 날 밤이면 난 밤새 가위에 눌리곤 했다.

그 뒤로는 밤중에 교실 가는 일을 자제했다.

아니 한 번도 못 갔다는 게 옳은 표현일 거다.

너무도 무서워서.

집중이 되건 안 되건 옆집에 선생님들이 계시는 내 관사 방에서 원고지와 씨름을 했다.

"나도 들었어요. 안개 낀 어젯밤 내내. 밤새 그 처연한 울음소리 때문에 한잠도 못 잤어요."

"양 선생도 들었구만. 나도 막걸리 기운에 초저녁잠 살포시 들었다 그놈의 울음소리 때문에 지난밤 하얗게 샜구만."

"저도 빈 교실에 나가 소설 나부랭이 끄적거리다 울음소리에 줄행랑을 쳤어요. 얼마나 무섭던지요."

"그렇지 않아도 오늘 저녁에 그 일로 진 이장 하고 마을 어르신 몇 분 모시고 이야기해 보려고. 둔내 사는 용하다는 박 무당 아줌니도 오기로 했어."

태기산 아래, 둔내 사는 박 무당 아줌니.

그녀의 신통력은 실로 대단했다.

그야말로 족집게.

그런 신통력으로 횡성 마을 곳곳에는 그녀로부터 신내림 받은 신딸들이 무업을 이어가고 있다.

지난해 겨울에도 이곳 태기산 화전민촌 아줌니 한 분이 박 무당의 도움으로 신내림을 받고 지금은 새끼 무당으로 마을 대소사나 안택굿을 도맡아 하고 있다.

마을 사람들은 마을에 중요한 일이 생기면 쪼르르 태기산을 넘고 양구두미재 아래 화동리 사는 박 무당을 찾았다. 그의 입을 빌려 신이 내려주는 지시나 처방은 언제나 틀림이 없었다.

그야말로 절대적인 존재였다.

마음자리 어디 걸어 맬 때 없는 심약한 화전민들에게는.

"오구굿으로 풀어줘야 해. 아직도 회한에 이승 떠나지 못하고 태기산 자락에서 안개 낀 밤이면 구슬피 우는 태기왕.

한이 너무 많아 이승 못 떠나는 거라고.

가슴을 치며.

손 없는 내달 스무아흐레날 태기왕이 마지막 싸움 벌였던 학교 뒤 태기 산성 끄트머리에 오구굿 상 준비해.

나 혼자는 버거우니 솔골 사는 경쟁이 박 영감도 부르고.

많이 차릴 것 없어. 쌀 세 말 세 되 세 홉으로 흰무리 만 찌면 돼."

'태기왕.'

정사로 된 역사책 어디에도 그에 대한 기록은 단 한 줄도 없다.

허나 이곳 사람들 모두의 마음자리에는 오롯이 살아남아 2천 년 전부터 면면히 이어져 내려오고 있다.

살아있는 전설로.

마치 미륵님처럼.

그날 기성회장 진 이장네 사랑방에 모인 마을 원로들은 박 무당의 한 마디에 누구 하나 토 다는 이 없이 머리를 주억거렸고, 진 이장을 중심으로 일사불란하게 다음 달 스무아흐레 오구굿을 준비했다.

십시일반으로 보물처럼 아끼는 쌀을 걷고, 굿판에 쓰일 제수를 갹출 한 돈으로 둔내장에서 사 왔다.

솔 골 사는 경쟁이 박 노인도 찾아가 그날 경을 읽어 달라고 간곡한 부탁을 했고.

'동짓달 스무아흐레.'

시늉뿐인 눈썹달이 첩첩산중 태기산 꼭대기에 실기죽 걸렸다.

태기왕이 박혁거세와 마지막 일전을 치렀던 쇠락한 산성 돌담 위에는 마을 행사 때 쓰이는 커다란 교잣상이 놓여지고, 상 가운데에는 쌀 세 말 세 되 세 홉으로 만든 흰 무리가 시루에 담겨 더운 김을 풀풀 뿌려대고 있었다.

떡시루 한가운데는 귀신들이 제일 싫어한다는 복숭아나무 신장대가 떡 하니 놓였다. 태기왕의 원혼을 달래 줄 오구굿은 그렇게 '딴~ 따라단' 막이 올랐다.

마을 주민 400여 명이 빽곡히 고개를 빼고 태기왕을 기다리고 있었다.

난 마을 사람들 뒷켠에 서서 올봄 석 달 치 봉급을 몽땅 투자해 구입한 미놀타 카메라 셔터를 연실 눌러댔다.

분교장님은 한복 곱게 차려입고 맨 앞자리에 앉아 계시고.

가슴을 짓두들겨 대는 징 소리에 맞춰 오구굿을 여는 부정가
림이 경쟁이 박 노인의 카랑카랑 목소리에 얹혀져 굿마당을 내리
쓸었다.

자년자월자일자시에 생긴 흐린부정
축년축월축일축시에 생긴 흐린부정
인년인월인일인시에 생긴 흐린부정
묘년묘월묘일묘시에 생긴 흐린부정
진년진월진일진시에 생긴 흐린부정
사년사월사일사시에 생긴 흐린부정
오년오월오일오시에 생긴 흐린부정
미년미월미일미시에 생긴 흐린부정

만 인간이 눈으로 본 부정, 코로 맡은 부정, 손으로 만진 부정,
입으로 먹은 부정, 신발로 밟은 부정이며, 만 인간이 인구 출입에
왕래된 부정이며 바람결에 떠도는 부정이며, 물결에 쌓여 들은
부정이며, 천만 가지 액부정이며 인망부정에 색마부정, 사망부정
연즉부정, 계견부정, 천만 가지의 부정경으로 몰아다가 의주월강
에 소멸을 하소사
아— 궁급급여율령—

매화, 덕고, 태기산 자락에 높을시고 산신 니임—
부디 우리 우리 태기산 마을 어여삐 살피시어 들민날민 만복이요
삼신할미 점지하심에 자자손손 번성이요.
알뜰살뜰 살피심에 우마 가축 번성이요.
남풍 동풍 순풍 자락에 우리 마을 집집마다 만복이 세세토록
임하소서"

박 노인의 구성진 경소리는 태기산 화전민 마을 사람들의 만 가
지 바람을 싣고, 소지 연기처럼 태기산 자락으로 날아올랐다.

이어서
활옷을 차려입은 얼굴 시퍼런 박 무당이 바리공주를 앞세워 태
기산 자락 떠도는 태기왕의 혼을 불러들이기 시작했다.

"여봐라, 바리 공주야,
막내 공주야,
우리 모녀가 내 생사 이별도 니가타고 낳은 팔자소관인 갑다.
그러나 어데야, 천생에 아니 죽고 살거든 니 이름 석 자라도 외
워두고 있으라고
버선 삼 저고리 안에다 엄지손가락, 검지손가락, 양지손가락,
무명지손가락을
이로 깨물고 혈을 내면서 삼 저고리 안에다가 이름 석 자를 쓰고

끝에다가는 불나국의 공주라는 이름을 썼는 갑심더.

너가 천생에 아니 죽고 살거들랑

불나국의 오귀대왕전에 막내공주 버리득이 공주라는 것을 알고 살아라

막내공주 바리야—."

떡시루에 꽂혀있던 신장대를 거머쥔 박 무당의 구슬픈 공수가 굿판에 모여 앉은 화전민들 '하르르' 머리 위로 쏟아져 내렸다.

언제 들어도 박 무당의 바리데기 사설은 처연스럽기만 하다.

이윽고

'부르르~'

박 무당 손에 들린 복숭아나무 신장대가 떨기 시작하면서, 박 무당 몸속으로 들어온 태기왕이 박 무당의 입을 빌어 공수를 시작했다.

"애고 서럽다 서러워.

어쩌다 내가 이 꼴 됐는지.

원통하고 원통하다.

'와신상담'

삼랑진 너른 벌에서 박혁거세 그 녀석에게 억울하게 당하고,

천 리 길 마다 않고 이곳까지 몽진해 와

태기산 분지에 터 잡고 화전밭 일구고,

우물을 파고,

골타데이 돌 주워다 산성을 쌓고,

나와 함께 이곳까지 온 진한의 만백성 복되게 살게 해주려

노심초사했건만

하늘도 무심하시지.

ㅠ

그놈 여기까지 쫓아 와 내 뒷덜미를 물었노.

ㅠ

설마 혁거세 그 녀석이 험한 태기산 넘어 내 뒷통수 칠 줄 어이

알았노.

아!

그날 끝까지 나를 따르던 부하들 그리고 뭇 식솔들

모두 그 녀석 부하들에게 죽임당했어.

얼마나 많이 죽었던지 갑천내가 붉은 피로 흥건했으니…

다 내 잘못이야.

무능한 임금 잘못 만나 그 지경 됐다고.

ㅠ

그러니 어찌 내가 저승에 먼저 간 그네들 볼 수 있겠어?

그래서 이렇게 태기산 자락 못 떠나고 떠돌아 댕기는 거야.

너무 억울하고 원통해서.

나 못 떠나.”

“아이고, 태기 대왕님.

자그만치 2천 년이네요.

이 궁벽한 태기산 자락에서 회한의 세월 보내신 지.

억울하고 원통하셨을 테죠.

그러나 그게 다 하늘의 뜻인 걸 어쩌겠어요.

'회자정리'라고 했지요.

진한의 백성들과 헤어짐도 다 그랬을겁니다.

대왕님—

부디 이승에서의 한, 다 풀어 놓으시고 편히 눈 감고

저승에서 대왕님 기다리는 진한의 백성들 곁으로 천도하세요.

그곳에서 대왕님 꿈꾸시는 복된 새 나라 만들어 보시구요.

미륵님 세상.

진한의 착한 백성들, 태기 대왕님 많이 기다리고 계실거예요."

하나둘, 둘러앉은 화전민 마을 아낙네들이 눈물 흘리며 흐느끼는 박 무당을 따라 어깨를 들썩이며 훌쩍이기 시작했다.

들쥐처럼 화전밭 찾아 이제껏 지난한 세월 살아온 한의 올 들을 뇌리에서 꺼내놓고. 그렇게 그네들도 회한의 세월들 서럽고 서러워.

'다리 가름'

이승에서의 마지막 고별행사.

박 무당 손에 들린 가위가 '서—걱' 소리를 내며 사람들이 들고 서 있는 삼베조각을 잘라 나갔다.

한쪽은 이승이고 또 한쪽은 저승이라.

그렇게 삶과 죽음은 아주 가까이 공존해 있었다.

산 자와 죽은 자의 진정한 화해는 그렇게 끝이 났다.
스무아흐레 눈썹달이 동구머리 팽나무 가지에 걸리기도 전에…

마을 사람들은 시루에 담긴 흰 무리를 썰고, 돼지머리를 안주로
막걸리를 마셨다. 태기왕이 떠나간 그 자리에서…
나도 분교장님 맞은편에 앉아 학부형님들이 따라주는 막걸리를
마셔댔다.
밤 이슥토록.

거짓말처럼 오구굿 다음날부터 "꺼이~ 꺼이." 가슴속 뒤흔들어
대던 태기왕의 그 처연스럽기만 하던 울음소리가 태기마을에서 감
쪽같이 사라졌다.
불면의 밤 지새우던 마을 사람들도 다시 깊은 잠 들 수 있게 됐고.

난 다시 모나미 볼펜과 원고지를 챙겨 들고 밤이면 빈 교실을
찾아 등불 심지를 돋우었다.

'태기왕을 찾아서'
그 소설은 그렇게 시작됐다.
태기왕의 회한悔恨의 시간들이 사각거리며 내 원고지 빈칸에 한

땀 한 땀 갈무리 됐다.

그해 겨울
3전 4기 만에 내 소설 '태기왕을 찾아서'는 모 신문사 신춘문예에 당선되는 영예를 안았고, 그야말로 신년 벽두 신문 2면에 대문짝만하게 실렸다.
꿈만 같았다.
그렇게 태기왕의 지난한 이야기는 많은 사람들 마음자리 안에 각인되고 회자됐다.

인사 장학사 약속대로 난 궁벽한 하늘 아래 첫 학교인 태기 분교에서 2년 만에 버덩에 있는 학교로 발령이 났다.

화전민 집단거주지 정책 실패로 주민들은 하나둘 다시 살 곳을 찾아 떠났다. 더러는 다시 화전밭을 찾아서. 또 어떤 이는 다시는 골 빠지는 화전밭을 안 일구겠다며 도시 현장근로자로 떠나갔다.
애당초 1,200m 넘는 고산에 농사를 짓는다는 게 무리수였다.
그 땅에, 그 기후에 옳게 되는 농작물이 없었다.
십 년 안도 못 내다보는 농업정책은 또 다른 시행착오의 오점을 남기며 태기마을을 역사 저편으로 사라져 버리게 했다.
한때 150명이나 되던 태기 분교는 급기야 15명으로 줄어들었고, 횡성 관내에서는 최초로 폐교되는 비운을 맞았다.

1976년 3월이다.

학교 개교하고 만 8년째 되던 해.

역사 저편으로 사라진 태기산 마을은 이제 아무런 흔적도 자취
도 없다.

아담한 교실 4칸의 신대분교 건물도,

마을에서 제일 커다랗던 기성회장을 지낸 진 이장네 집도, 400
여 주민 옹기종기 모여 살던 고만고만하던 집들도 이젠 없다.

전설처럼 사라져 버렸다.

2천 년 전.

태기왕이 큰 뜻을 품고 쌓았던 산성의 잔해들만이 쑥대 밑에서
가끔 병풍취 뜯으러 들르는 나물꾼들에게 그때 태기왕의 이야기
를 조근조근 들려주고 있다.

『태기왕국으로 들어가는 길』 수록. 2016년

민 화투판 흑싸리 껍데기

소여물 끓이는 방이라면 다 그렇지만 유독 양지모텡이 종구네 사랑방은 왼 겨우내 쨀쨀 끓었다.

동네 사람들은 구들장 잘 생겨 먹었단 소리보다는 토역쟁이 종구 아버지 솜씨를 추켜세우길 더 좋아했다.

거기다 안안팎이 모두 사람 좋기로 동네서 둘째가라면 서러워할 정도로 좋다 보니 종구네 사랑방은 마실꾼들로 삐즘할 때가 조금도 없었다.

하다못해 개좆몽데이(감기 몸살의 일종)이 들어 백피탕을 한 사발 퍼마시고 푹 취안을 할 때도 동네 사람들은 자기네 방구석을 마다하고 종구네 사랑방으로 몰켜 들었다.

소여물 끓이는 방이라면 다 그렇지만 유독 양지모텡이 종구네 사랑방은 왼 겨우내 짤짤 끓었다.

동네 사람들은 구들장 잘 생겨 먹었단 소리보다는 토역쟁이 종구 아버지 솜씨를 추켜세우길 더 좋아했다.

거기다 안안팍이 모두 사람 좋기로 동네서 둘째가라면 서러워할 정도로 좋다 보니 종구네 사랑방은 마실꾼들로 삐즘할 때가 조금도 없었다.

하다못해 개좆몽데이(감기몸살의 일종)이 들어 백피탕을 한 사발 퍼마시고 푹 취안을 할 때도 동네 사람들은 자기네 방구석을 마다하고 종구네 사랑방으로 몰켜들었다.

이러다 보니 어떤 때는 노소가 함께 몰려들 경우도 종종 있었다.

그러나 누구든 먼저 와 진을 친 패들이 방을 차지하는 게 나름의 룰이라면 룰이었다.

종구네 패들이 먼저 와 진을 치고 왁자지껄 떠들어 제키면 중년

배들은 몇 번 헛기침을 해대다가는 미련 없이 발길을 돌리곤 했다.

내가 종구네 사랑방 문을 열었을 땐 벌써 서너 명의 또래 또래의 마실꾼들의 두런거리는 모습이 꺼물럭거리는 등잔 불빛이 어른거려대고 있었다.

사랑방 윗목엔 뒤웅박만 한 노뭉테이(대마껍질로 꼬아 만든 실꾸러미)가 새벽잠 없는 종구 아버지를 증명이라도 해주려는 듯 방안 대들보에 매달려 건드렁 대고 있었다.

양짓모텡이 30여 호 중에서 한 해 겨울에 돗자리만 열 개씩 매서 내다 파는 집은 종구 네가 유일했다.

"야! 이게 뉘기야 양지말 꽁새원 나리 아녀?"

"그렇구만, 그래 사람 참 오래 살고 볼 거네?

오늘은 무슨 바람이 요로크롬 불어 꽁새원 나리께서 밤마실을 다 오시구. 웅~"

"야! 이거 낼 횡성신문에 날 사건일세."

"에이~ 너무 그러지 마. 난 마실 좀 옴 안 되냐?"

친구 녀석들이 하나같이 나를 향해 이렇게 난리를 치는 것도 무리는 아니었다.

아버질 그대로 빼다 박아 일 년 열두 달 그저 농사일밖에 모르고 사는 나인 터라 할 일 없이 뭐하니 밖으로 나도는 건 그저 사치일 뿐이었다. 적어도 내 상식으로는.

이날 이때까지 국민학교만 졸업하고 서당까지 합쳐 십여 년 넘게 동구머리 노루목재를 넘나들었지만 남 다하는 중간치기 한 번 못 해 보고, 두 놈이 먹다 한 놈이 뒤져도 모른다는 참외 서리도 한 번 못 해 본 위인이 바로 나였다.

그렇기는 아버지도 매한가지였다.

부전자전.

'제 털 뽑아 고 구멍에 쏙 디밀 줄밖에 모르는 위인.'

'법 없이도 살 위인.'

'요령이라곤 아예 없이 세상을 산 꽁생원.'

아버지, 당신은 이제껏 오 십 년 넘게 이곳에서 살면서도 단 한 번도 흐트러짐 없이 이 세상을 살아오셨다.

그런 터수였기에 아버지는 오직 집과 일밖에 몰랐고, 그것만이 당신 삶의 유일한 목표였다.

몇 수십 년 노루목재를 넘어 장을 보러 다녔지만, 아버지는 국밥 한 그릇, 막걸리 한 사발 손수 사 먹어 본 적이 없었다.

동네 아줌니들은 남정네와 주색문제로 지지고 볶을 땐 꼭 아버지를 단골 메뉴로 올려 공격의 고삐를 늦추지 않았다.

그렇게 마누라한테 당한 동네 남정네들이 어디 이놈 한 번 망가트려 보려고 그야말로 작당을 하고 일을 벌인 적이 있었다.

노루목재 초입 색시집에 아버지를 그야말로 반강제로 납치하

다시피 밀어 넣고, 술이 떡이 되게 아버지한테 술을 퍼먹인 적이
있었다.

물론 야실야실한 작부와 충분히 공모를 해 놓고선.

그러나 아버진 적삼을 풀어헤친 작부를 밀쳐내곤 네발로 기어서
노루목재를 넘고 말았다고 한다.

세상에나.

그 담부터는 두 손 두 발 다 들고 아예 아버지는 별종으로 분
류했다.

제기랄.

"자, 앉으라구 꽁생원 나리 수수깡 집 아니니까. 어때 한 대 빨
아 볼래? 이거 귀한 거여. 어제 장에서 산 권련 이야."

"느들!? 담배 피니? 벌써?"

"야, 아~옛날 같으면 우리 나이면 장개 가 애 아버지 다 됐어,
임마. 으른들 앞에서 조심해 핌 되지 뭐. 안 그러냐?"

"그래도 그렇지…."

내 얘긴 아랑곳없이 그 녀석들은 능숙한 솜씨로 권련을 한 개비
씩 빼어 물고는, 입으로 멋진 도너츠 모양의 담배 연기를 공중에
피워 올렸다.

"야, 순둥이 총각 그만 망가트려 임마.

망거질램 느들이나 망가지든지. 그건 그렇구 니도 한 판

껴 볼껴?

뇌 쓸 거도 없어. 이거 민화투니까 그냥 꽃만 맞추면 되는 거여. 마침 꾼도 한 사람 부족한 판이니 잘됐네. 빨랑 들어앉아 보더라구, 응."

같은 동갑네지만 국민학교 5학년 때 벌써 잠지에 털이 나 으스대던 상철이가 왕탱이 같은 소릴 질러대며 민기적거리는 내게 자리를 내줬다.

상철이 말마따나 고도의 기술이 요구되는 짓고땡이나 섯다판이 아니고 그저 같은 꽃을 맞춰 오기만 하는 민화투는 나도 몇 번 해 본 경험이 있는지라 별 부담 없이 화투판으로 지싯지싯 들어앉았다.

상철이의 능숙한 솜씨로 국방색 군인 담요가 두~르르 방바닥에 깔리고, 성냥개비와 옥수수 알이 앞앞이 나누어졌다.

담요는 얼마나 사람들의 손길이 머물렀었는지 털이 다 빠져 번들거려댔다.

"요령은 전과 동.
송아지(성냥개비) 한 마리에 백 씩이구. 옥시기는 열씩이다.
니도 알제."

아무리 소문 난 꽁생원이라지만 나도 그 정도는 알고 있는 터수라

고개를 끄덕였다.

"기본약은 비, 풍, 초. 똥 월약 있고⋯ 팔십띠기, 백띠기 다 쓰는
거다. 참, 이팔 청춘도 있는거구."

상철이가 화투를 맞나게 탁탁 쳐 대며 룰을 읊어댔다.
열두 달 민화투는 정월부터 시작됐다.
약값으로 옥수수 알이 들락거리고 송아지가 팔려가고 들
어 왔다.

"야! 이거 둔내장(뒷장) 지랄나게 안 맞네. 가만있자 내가 오늘
삼살방에 앉은 건가?"
"사돈 남 말 허네. 그래도 니 앞엔 송아지가 서너 마리 있는데
죽는소리냐? 난 송아지고 옥시기고 부도 직전이다."
"어이그, 안달보세이 끓여 붓는 거 하군. 야, 한 판에 백띠기, 구
십 띠기, 이팔 청춘이면 판쓸이를 할 텐데 웬 성화냐?"
"남자는 배짱, 여자는 절개라 했어. 임마."

상철이가 역시 프로답게 통바리를 먹여대자 둘러앉은 우리들은
입을 붙들어 맸다.
누가 꽁생원 아니랄까 봐 나는 목양말 모강지 속에다 기본으로
받은 성냥개비 다섯을 꽂아 놓고는, 앞에 놓인 옥수수알을 한 판

이 끝날 때마다 세어 보고 본에서 모자라기도 할라치면 저 혼자 속을 끓여 부었다.

또한 일송 서너 장이나 구 서너 장이 들어와 확실한 패라고 생각되지 않으면 슬그머니 판에서 꽁무니를 뺐다.

철저한 물관리 작전이었다.

그러니 내 앞에는 옥수수 알은 더 늘지도 줄지도 않고 만날 그 타령이었다. 콩알 심장은 어쩔 수 없는 노릇이었다.

"야, 쪼다야. 어유 저 새 가슴하곤.

맨날 옥시기알이나 세면서 들어가기나 할려면 화투판엔 뭘 빨려고 끼고 지랄이여. 화투야 치라고 있는 거 아니냐?

되든 안 되든 자꾸 덤벼들어 쳐야지 따던지 잃던지 할 거 아녀?

얌마, 화약 장사가 많이 남는다는 얘기도 못 들었냐?"

"그러기에 꽁생원 아니냐."

"그래두 재 가운데 다리는 달렸을 걸, 아마."

친구들이 아무리 야지를 놔도 나는 가슴이 벌렁거려서 웬만한 패에서는 도저히 칠 자신이 없었다.

이제 열두 달도 두 달 밖에 남겨 놓지 않은 종반전.

큰소리 뻥뻥 쳐 대던 상철이와 종구 앞에는 성냥개비는 온데간데없고, 옥수수알 몇 개 만이 미안한 듯 뙤그르르 구르고 있었다.

그 많은 재물은 백 띠기와 구십 띠기를 연달아 한 삼봉이 앞으로 고스란히 옮겨져 있었다.

열 판을 그렇게 안달복달한 덕택에 내 앞에는 그래도 성냥개비 세 개와 옥수수 알갱이도 다소 있어 이 상태로 현상유지를 하게 된다면 최소한 벌칙자 명단에서는 제외될 수가 있을 것 같았다.

벌칙을 받을 놈은 꼴찌 둘.

꼴찌한 두 놈은 세상없어도 네 명의 밤참거리를 위해 작전에 투입돼야 한다.

그 무엇이든.

겉으로 내색은 안했지만 꼴찌 두 놈은 상철이와 종구가 거의 결정 된 터 수라 나는 은근히 속으로 쾌재를 불렀다.

'이녀석들~ 느들이 날고 겨도 안 될 거다. 오늘은 그 정도 재정으로 안되고 말고. 이런 기분 땜에 화투란 걸 하는 모양이구나. 응~

두 판만 잘 버티자. 일등은 못 해도 이 재산으로 이등으로 가는 거다.'

11월 똥 달엔 웬일로 패까지 잘 들어왔다.

팔 껍데기 두 장에 약 짜리도 서너 장.

이 정도면 한번 해 볼만 한 패다.

더군다나 이번 판에 상대는 부도 직전의 두 놈. 상철이와 종구다.

'그래 이 패로 저 두 녀석을 케오 시켜 마감을 해 버리자.'
상철이가 쿵쿵거리며 백송 껍데기를 내 던졌다.
'제일 큰 약자린데? 일 짜리가 몇 장인데 초작에 저런 걸 내 버릴까?'

그러자 옆에 앉은 종구가 솔개가 닭 채 가듯 널름 주워 먹어치웠다. 뭔가 심상치 않다 돌아가는 판이.
이번에는 종구가 헛기침을 쿵쿵하더니 구 껍데기를 휙 내던졌다. 그러자 약속이나 한 듯 상철이가 구 열 자리로 냉큼 먹어 가 버렸다.

'어라!? 당했다. 씨벌!'
ㅜㅜ

승부는 순식간에 갈라졌다.
그토록 애지중지하던 성냥개비와 옥수수 알이 두 녀석한테로 옮겨갔다.
화약 장사가 많이 남는다는 걸 몸으로 보여 주며 상철이는 랭킹 2위로 올라가고, 나는 졸지에 꼴찌로 추락하고 말았다.

애당초 프로와 아마추어의 게임이라 승부는 애초부터 정해진 거나 다름없었다.

　괜히 나 혼자 기와집을 지었다 부순 꼴이 되고 말았다.

　행여나 뭐가 되나 조바심냈던 나 자신이 우스워 보였다

"화투 요놈. 영물은 영물인가 보여. 어찌 첨 입회하시는 손님은 쏙 알아보고. 다 우리도 그동안 학채 꽤나 내고 배운 거라고. 너무 맘 쫄릴 것 없어. 오늘만 날인가 뭐."

"우리 꽁생원 오시는 날이 장날이었네."

"야, 꼴찌 두 사람. 빨랑 움직여 보더라고. 그것도 뇌동이라고 출출 하구면."

"오늘 밤 무수(무) 맛은 기똥 차겠는 걸. 우리 꽁생원 나리 첫 작품이니 말야."

"야! 우리 집 무 구덩이에서 가져옴 안되겠냐? 우리 무 묻어 놓은 거 많은데."

"이런 빙신 하군. 느네 꺼 꺼내 다 먹을려면 미쳤다고 팔 저리면서 이때껏 팔 아프게 이 지랄했냐?

　자고로 남의 떡이 커 보이고, 훔쳐먹는 사과가 제일 맛있는 거라고 공자 할아버지가 말씀하셨거든."

"오늘은 니 첨 왔다고 봐 주는 거여. 이 엉아는 첨 입문할 때 툭 하면 노루목 넘어가서 닭 모강지 비틀어 가지고 왔어."

종구네 사랑방 문을 나서는 내 다리가 후둘 거렸다.

눈 덮인 마을은 그림처럼 조용하기만 했다.

동네 개들도 이웃 마을로 마실을 갔는지 쥐 죽은 듯 조용하기만 했다. 그런 적막이 더 나를 주눅 들게 했다.

할 수만 있으면 그대로 집을 향해 내 뛰고 싶었다.

'오늘 한 번이다. 내 다시는…'

"야, 준이야. 니 무서리 첨이지?"

"응."

"떨리냐?"

"아니."

"뭘 아녀, 임마. 니 얼굴에 다 써 있는데.

니 얼굴이 지금 어떤 줄 아냐?

그야말로 똥 먹은 얼굴이야.

야! 첨엔 다 그래. 나도 그랬어.

야, 무서리가 서리 축에나 드냐? 서리라 하면 토끼나 닭 정도는 돼야지. 그 정도 돼야 손에 땀도 나는 거고.

걱정마. 만에 하나 들켜도 무 몇 개로 아닌 말로 우리가 깜방을 가겠냐?"

그런 종구 녀석의 어깨 으쓱거림이 나에게는 다소 위안이 됐다.

꽁무니에 늘 갈가지(삵괭이)를 달고 다닌다는 부엉이가 매화산

칙칙한 어둠 속에서 심심찮게 울어 제키며 살얼음처럼 고요하기만 한 겨울밤을 출러덩 대고 있었다.

무 구덩이가 가까워질수록 나는 모강지가 바싹 말라오고 등에서는 식은땀이 찍찍 내뱄다. 두 사람의 발소리를 들었는지 아님, 달을 보고 짖어 대는지 아까까지도 조용하던 동네 개들이 이따금씩 저 머리서 컹컹 짖어 댔다.

'바우형네 무를 꺼내와 알겠지.
그 집 무가 조선무라 맛이 기똥 차거든.'

상철이는 내가 행여 허튼짓을 할까 봐 단단히 못을 박았었다.
내가 종구네 집을 나서기 전.

안채는 불이 꺼져 있었지만 바우형이 머무는 사랑채는 이 시간까지 뭘 하는지 등잔불이 가물거리고 있었다.

"야 아직 불이 있잖아? 바우 형 안자잖아?"
"괜찮아, 임마. 바우형 가는 귀 먹었잖아 잘 못 들어."

익숙한 솜씨로 종구는 사랑채 옆 텃밭에 있는 무 구덩이 짚 마개를 잡아 뽑았다. 땅바닥에 배를 깔고서. 날씨가 오지게 추워서 그런지 마개는 쉽게 빠지질 않았다.

"얌마, 뭘 해 빨리~ 꺼내지 않구? 불알 두 쪽 다 얼겠다 추워 죽겠어."

눈 위에 배를 납작하게 엎드린 종구가 나를 채근했다.
물푸레나무를 깎아 만든 꼬챙이가 내게는 천근만근의 무게로 전해왔다.

"한 개, 두 개, 세 개."
"야, 이제 그만 가자."
"얌마, 아직 열 개도 안 됐는데. 그걸 가지고 누구 코에 갖다 붙이냐?"
"열 개씩이나?"

내 목소리는 학질 환자 저녁 참 맞듯 심하게 떨려 나왔다.
정말로 한시바삐 이 자리를 벗어나고 싶었다.
내 떨리는 손이 무 구덩이로 막 들어 설려는 순간이었다.

갑자기 사랑방 문이 벌컥 열리며 눈부신 등잔 불빛이 봉당 한가득 쏟아져 내렸다. 그리곤 동저고리 바람의 덩치 큰 바우 형이 봉당으로 내려섰다.
순간 종구와 나는 누가 먼저랄 것도 없이 무 구덩이 옆에 납작 엎드렸다.

바우 형과의 거리는 불과 대 여섯 보.

금방이라도 솥뚜껑 같은 바우 형 두 손이 목덜미를 낚아챌 것만 같았다. 할 수만 있다면 투명인간으로 잠시 변신해 바우 형의 손아귀에서 벗어나고 싶은 게 내 절박한 심정이었다.

그리곤 잠시 바우 형 손에 이끌려 마을 사람들한테 개 창피를 당하는 내 초라한 꼬라지가 뇌리에 번득였다.

'얌전한 개 부뚜막에 먼저 올라앉는다더니 글쎄 샌님같던 준이가 바우네 무 구덩이를 작살 내려다 들켜서 바우한테 경을 쳤대요. 나 원 참, 세상 믿을 놈 하나 없어. 쯔쯔.'

'그러나 골샌님 준이 아버지는 얼마나 상심하실꼬. 평생 부처님 반 토막으로 법 없이 산 위인이.'

'나원 참, 그까지 무 몇 개 꺼내 먹은 거 가지고 뭘 그래요. 아, 왕년에 무 서리 안 한 사람 어디 나와보라고 그래요.'

'무 서리 땜이 아니고 얌전하기로 소문 난 준이가 그런 짓을 했다니 믿어지지 않아서 그러는 거죠.'

나는 두 귀를 꽉 막고 눈을 질끈 감았다.

"어유 졸립다. 달님이 노루목재에 실기죽 걸린 걸 보니 밤이 꽤 야심한 모양인 걸.

크윽! 저녁 전누리에 참에 막걸리를 너무 먹은 모양이네. 자다가도 소피가 매려운 걸 보니."

졸린 눈을 비비며 바우 형은 바지춤을 까 내리고 큼지막한 물건을 꺼내 얼어붙은 눈밭에다 참았던 볼일을 보기 시작했다.

엎어지면 코 닿을 거리라 오줌 방울은 코앞 눈밭에 사정없이 내리꽂혔다.

'하눌님, 제발 아무 일 없이 바우 형이 볼 일 빨리 마치고 들어가게 해주세요'

제아무리 길어봤자 1분 안팎의 시간일 테지만 그 순간만은 한 시간도 더 넘게 느껴졌다.

그렇게 피 말리는 시간이 지나가고 바우 형은 아무 일 없었다는 듯 사랑방 문을 열고 다시 방으로 들어갔다.

한동안 나는 맥이 탁 풀려 그 자리에서 옴짝달싹을 할 수 없었다.

"에이 시펄. 십 년 감수했네.
하필 이 시간에 오줌은 싸러 나와 사람 놀래키누?
요강도 없나? 그 집구석엔. 가자 준이야."
"난 안 가. 너나 실컷 갖다 먹어."

나는 한 아름 끌어안고 있었던 조선무들을 종구에게 휙 집어 던졌다. 달빛에 흰빛을 드러낸 무가 눈밭으로 와르르 떨어져 내렸다.

그리곤 뒤도 한 번 안 돌아보고 눈길을 뛰었다.

"얌마, 너 미쳤니? 어딜 내 빼."

'내 다시 느네 집에 밤 마실을 가나봐라.
낼 새벽엔 기회를 봐 집에 있는 무 한 삼태기 보내야겠다. 바우
형 모르게'

양지말 제일 *끄트머리* 우리 집에는 아직도 바지런하신 아버지가
못자리 새끼라도 꼬시는지 등잔불이 꺼멀럭거리고 있었다.

'떡해 먹자 부엉
양식 없다 부엉'

저 멀리 매화산에서 칡부엉이들의 두런거리는 소리가 잠자는 듯
조용하기만 한 눈 덮인 마을들을 조금씩 뒤흔들어 놓고 있었다.

《월간문학》 2022년 2월

달고개 겨울 삽화插話

그렇게 산골학교의 겨울밤은 시나브로 깊어만 가고.
그때까지도 박 노인은 술병을 붙들고 정물靜物처럼 그 자리에 앉아 계셨다.
나지막한 목소리로 횡성 어러리를 내 뱉으며.

어러리 어러리 어러리요
어러리 고개고개로 나를 넘겨주게
어러리 어러리 어러리요
얼었다가 녹아나지니 봄철이로구나.

산골의 저녁해는 짧다.
토끼 꼬리보다 더.

다섯 시가 채 못 돼 손바닥만 한 월현 골타데이 하늘에는 저녁해가 매화산 꼭대기에 올라앉아 종종걸음을 멈추고 고단하기만 했던 하루를 마무리하고 있다.

학교 건너 부지런하기만 한 철주네 집에는 이미 쇠죽을 다 쑤었는지 초가지붕 위로 저녁연기가 잦아들고 있었다.
아이들이 하교 한 학교는 흡사 섬 같기만하다.
적막강산이다.
사람 그림자라곤 교직원 일곱뿐.
하여당간 사람 사는 집이고 학교고 간에 사람들 지껄임 있어야 사는 집 같다.

교무실 장작 난로 위에는 퇴근길 석양주夕陽酒 안줏거리로 준비한 노가리가 '노릇~노릇' 익어가며 '풀~ 풀' 구수한 내음을 풍겨대고 있다.

노가리는 역시 겨울철이어야 제맛이다.

거기다 특별히 양념 안 하고도 먹을 수 있는 게 노가리다.

"퇴근 전 석양주 한 따가리 해야지?
노가리도 저렇게 날 잡아 잡수 하고 있구만."

언제나 초를 지는 건 사십 대 후반 교무주임이시다.

"암요. 아무도 없는 관사 혼자 들어가 봐야 무신 낙 있나요. 드나 나나 달랑 혼자니 짜르르 빈속에 모강지를 타고 흘러내리는 그 맛. 거시기 할 때 오르가즘인가 뭔가보다 백번 낫죠? ㅎㅎ."

나보다 1년 먼저 이곳 산골학교에 발령받은 대학 1년 선배 넉살이다. 언제나 걸걸하고 꾸밈새 없어 편하다.

허기사 교장 선생님 한 분 빼고는 모두 다 혼자 관사에 산다. 미혼이건 기혼이건. 결혼해 가족이 있다손 치더라도 이 궁벽한 산골 구석에 누가 와서 질기뚱스런 세월 죽이겠는가.

그래서 퇴근 '땡' 소리 나면 이렇게 석양주를 평계로 화합의 시간을 가진다. 그야말로 이변이 없는 한.

누가 시키지도 않았건만 올여름 발령받은 막내인 나는 교무실 한구석에 놓여있는 석유램프 유리 등을 올리고 성냥을 그어 불을 붙이고. 매일 석유램프 유리를 닦건만 그놈의 그을음 때문에 하루를 못 간다.

"자, 요령은 어제와 동일.

교장 선생님은 심판장 자격으로 열외.

오늘도 제일 막내인 증 선생(이 양반 '정'자 발음을 꼭 증이라 한다) 부터 쪽지 뽑아 봐. 막내라고 특별히 제일 먼저 뽑는 특권을 주는 거야."

교무주임이 달력을 오린 쪽지에 모나미 볼펜으로 O X 표를 한 다음 홀홀 섞어 아이들 건빵 나눠주던 깡통에 넣는다.

벌써 연 나흘째 혼자 독박을 써 술을 산 터라 나는 그야말로 신중에 신중을 기해 깡통 맨 안쪽에 있는 쪽지를 주워든다.

제발 오늘은 O표가 적힌 쪽지를 나오기를 간절히 기다리며.

예배당 한 번 가 본 적 없는 나였지만 그 순간은 아마도 하나님을 대 여섯은 찾은 거 같다.

"증 선생, 오늘은 일진이 좋을 거 같으니 설마 또 '꽝' 나오겠어?"

교무주임이 또 느물거린다. 마치 입안에 오징어 물고 우물거리듯.

난 네 겹으로 꼭꼭 접힌 뽑기 쪽지를 펴 본다.

가슴은 방앗간 발동기처럼 마구 후당당거리고.

내기가 크건 작건 뽑기 쪽지를 열 때의 그 두근거림과 설렘은 그야말로 죽인다. 교무실 난롯가에 둘러선 선생님들 모든 눈 들이 내게로 향한다.

'좍~'

뽑기 쪽지를 펼치는 내 손이 '파르르' 떨린다.

쪽지 귀퉁이부터 열리며 사선이 보인다.

X표.

'이런 제기랄~'

ㅠㅠ

또 '꽝'이다.

그야말로 재수 옴 붙었다.

도대체 하나님은 너무 가혹하신 거 아닌가?

여섯 장 중 유일한 단 한 장의 X표를 오늘 또 내게 돌아오게 하시다니.

'이런 씨부랄~ 또 꽝이네.'

"오늘도 꽝이네요. ㅠㅠ 제기랄!"

이어지는 박수 소리.

"와~! 당첨 축하해."

"짝 짝 짝…"

"부지런히 공덕 베풀어야 좋은 일 생기는 거야.

우리야 아무리 공덕 베풀려고 해도 당최 하늘이 기회를 안 주시니."

그야말로 때리는 시어미보다 말리는 시누이 꼴이다

교무주임 느물거림은.

"자, 중 선생 더 어둡기 전에 향자네 가겟방 얼핀 댕겨오더라고.

안주는 여기 노가리 있으니 더 안 사와도 돼.

그렇다고 뭐 어제처럼 노가리 안주 안 된다고 꽁치 간스메(통조림) 사 가지고 와도 뭐라 할 사람 없지만…."

나는 교무실 문을 '꽝' 소리 나게 닫고는 들돌같이 학교 아래 나룻배가 매어 있는 강가 향자네 가겟방을 향했다.

마을에서는 유일한 가겟방.

가겟방 한구석 나무 의자 아래에는 흔들리는 램프 불 아래 백 원에 두 봉다리 하는 '라면땅' 한 봉지를 뜯어놓고 뱃사공인 박 노인이 혼 술을 마시고 있다.

"안녕하세요, 어르신. 오늘도 저녁 출근하셨네요."

"어이구, 중 선생. 야심한 이 밤 여긴 웬일로?

총각 선생님 독수공방이라 술 한잔 생각나셔서?

이리와 한 잔 받으셔. 안주는 없지만 난 이 라면땅 안주가 쐬주 안주로는 최고 같아요.

쐬주 한잔 걸치고 매콤하고 짭짜롬한 라면땅 한 개 입에 넣으면… 캬~!

목구멍을 넘어가 뱃속까지 짜르르한 그 불덩이 같은 맛… 최고지 최고."

"지난번 병원도 다녀오셨다면서 술 드셔도 돼요?"

들리는 얘기로는 박 노인 생전 처음 마을 이장 손에 이끌려 원주 세브란스병원을 들렸는데 간 경화가 상당히 진행됐다는 진단을 받았다고 한다. 절대 금주하라고 의사로부터 레드카드를 받았다고 하는데 병원 다녀온 다음 날부터 먹다죽은 귀신이 때깔도 좋다면서 언제 병원 다녀왔었냐는 듯이 저녁 나룻배 운행이 끝나면 들돌같이 향자네 가겟방을 찾아 라면땅에 혼 술을 마셔댔다.

주인인 향자 아버지 처음에는 말려도 봤지만 워낙 박 노인이 완강한 터라 이젠 달라는 대로 술을 내어줬다.

가끔은 안주 없이 깡술이 뭐해 당신네 짠지(여기서는 김치를 짠지라 부른다) 한 사발 내어주고 장사라도 잘되는 날 저녁에는 기분으로 꽁치 통조림 한 통 내놓기도 하고.

박 노인이 이곳에 들어온 지는 삼십여 년.

선친이 삼수갑산에서 화전을 하다 화전이 금지되고 그야말로 등짐 하나 달랑 걸머지고 걷고 또 걸어서 이곳 매화산 자락에 얼기설기 오막살이집을 꾸리고는 배운 짓이 화전火田 일구는 거라 화전밭에 옥시기를 심고 메물(메밀)을 풀며 근근 덕신 지냈다.

선친이 돌아가시고 아버지에게 화전 일구는 거밖에 배운 게 없는 박 노인은 매화산 골타데이(골짜기)를 이리저리 옮겨 다니며 화전불을 놨다. 그런데 뜬금없이 70년대 박정희 정권이 강력한 화전 정리법을 만들어 멀쩡히 잘살고 있는 화전민들을 모조리 쫓아냈다.

그 바람에 하루아침에 개털이 된 박 노인은 매화산에서 보따리를 싸 이곳 등자치 마을 빈집에 다시 둥지를 틀었다.

낼모레가 팔십인데도 그는 아직도 노총각이다.

워낙 심성이 착해 마을 사람들은 그를 부처 반 토막이라고 부르곤 한다.

초승달이 실기죽 걸려있는 향자네 마당가 간이 나루터에 밧줄로 매어진 이 마을 유일의 도강渡江 시설 나룻배가 심심한지 저녁 바람에 삐끄덕 삐그덕 장단을 맞춘다.

학교 앞 주천강에는 다리가 없다.

웬만한 동네에서는 새마을 사업 푸른 깃발을 냅다 꽂고는 시멘트를 비벼 여기저기서 다리를 놓아대건만 이곳 월현에서는 먼 나라 얘깃거리에 불과했다.

그래서 강 양쪽 마을 사람들이 머리를 맞대고 마을회의 끝에 조그만 나룻배를 구입했다.

뱃사공 박 노인을 만난 지는 2년 전 이곳 산골학교에 첫 발령을 받고 나서였다. 박 노인이나 나나 혼자 사는 처지라서인지 우린 금세 친해졌다.

유유상종 술 동무로.

또한 박 노인이 집으로 밥 먹으러 간 사이나 급한 볼일이 있어 출타할 때는 내가 박 노인을 대신해 나룻배에 올라 삿대를 저었다.

어느 날 퇴근 무렵이었다.

총각 선생 퇴근 후 갈 데 없어 느실느실 향자네 가겟방에 갔다 혼 술을 마시는 박 노인을 만났고, 그 자리에 합석해 술이 꼭

지까지 오른 난 박 노인에게 나룻배 삿대를 잡겠노라고 약속을 했었다.

순전히 술김에 혼자 산다는 박 노인이 안쓰러워 호기 있게 장담을 하고 만 것이었다.

이런 제기랄.

그리고는 다음 날부터 나룻배에서 호루라기 소리가 들리면 들돌같이 나룻배가 매어 있는 향자네 가게 아래 나루터로 향했다.

호루라기를 배에다 걸어 놓은 건 마을 회의에서 박 노인을 부르기 위한 호출수단이었다.

마을 사람들은 빈 배에 올라 호루라기를 냅다 불러 제치면 호루라기 소리를 듣고 박 노인이 달려왔다.

갈수기에는 워낙 수심이 얕은 터라 나룻배를 부리는 일이 그리 어렵지 않았다.

그저 긴 장대를 물에 꽂고 앞으로 밀면 됐다.

그런 인연으로 난 박 노인과 동업자(?)가 됐고 마을 사람들은 수고하신다며 가끔 향자네 가겟방으로 불러 내 소주를 샀다. 물론 그 자리에 박 노인도 꼭 동석同席을 했고.

나이로 치면 할아버지뻘이지만 우리는 오랜 구면처럼 그렇게 술친구가 됐다.

총각 선생과 노총각.

마을 사람들이 박 노인에게 내는 배 삯은 가을에 한 집에서 옥시기 닷 말. 그게 박 노인의 유일한 수입원이었고 술값이었다.

박 노인은 향자 아버지가 내미는 치부책에 이름 석 자 사인을
하면 됐다.

향자네와 술값 계산은 마을 대동회 때 마을 사람들로부터 받은
옥시기로 일 년 치를 한꺼번에 계산했고.

나룻배가 유일한 방학을 하게 되는 건 여름 장마 때.

주천강은 협곡이라 장마 때 물이 불었다 하면 그 기세가 엄청
났다. 나룻배는 장마 물이 나가기 전 향자네 마당으로 끌어 올려
지고, 강 건너 사는 월현1리 아이들이 학교 쪽 마을 아이보다 훨
씬 더 많은 터라 학교도 장마가 져 나룻배 운행이 끊어지면 자
연 휴교.

교장 선생님 휴교령을 전해 받은 난 시뻘건 강물이 흘러넘치는
강가에 나가 월현1리 아이들을 향해 손 마이크로 "오늘은 휴교다.
다들 집으로 돌아가!" 소리를 내질렀다.

그리고는 해 질 녘, 퇴근 시간 6시 땡 치면 박 노인과 함께 물이
불은 강가에 족대를 들고 나가 장마 고기를 잡았다.

원래 이곳 주천강에는 물고기가 많았다.

피라미, 메기, 동자개, 꺽지, 돌고기, 쇠리, 빠가사리 거기다 귀하
다는 민물고기의 제왕 쏘가리까지.

그야말로 오징어 빼고는 다 있었다 민물고기는. 거센 장마 물살
에 살아남기 위해 물고기들은 기를 쓰고 강가 버드나무 이파리나
갈대 포기를 입에 물고 악전고투를 했다.

박 노인의 족대 질은 가히 프로급이었다.

귀신같이 물고기들이 몰려있는 버드낭구 포기를 찾아 장화 신은 발을 쓱쓱 밟아대면 뼁 좀 보태 족대 불알에 물고기가 한 바가지씩 잡혔다.

난 연실 종다래키를 들고 쫓아다니며 환호성을 지르고 족대 불알 안의 물고기들을 종다래키에 담기 바빴고.

오래 족대질을 할 필요도 없었다.

향자네 집 앞에서 무랑골 입구까지 족대질을 하고 나면 종다래키에 물고기가 가득 찼기에.

그날 저녁이면 내가 사는 관사는 물고기 파티 축제장이었다.

매운탕이 채 익기도 전에 박 노인이 능숙한 솜씨로 손질한 껵지회로 술잔이 분주히 오고 갔고, 매운탕이 끓어 숟가락을 들 때는 모두 술이 불콰해 얼굴들이 저녁해처럼 달아올랐다.

고추장만 넣고 대충 끓인 거 같지만 박 노인이 끓이는 매운탕은 압권이었다. 누가 먼저랄 것도 없이 젓가락으로 술상을 두드려 추임새를 놓고 둘러앉은 술꾼들은 냅다 흘러간 가락들을 방안에 쏟아냈다.

그중에서도 박 노인의 어러리는 단연 최고였다.

얼마나 청이 좋고 그 꺾임이 유장한지 우리는 넋을 빼놓고 박 노인 소리에 귀 호강을 했다.

어러리 어러리 어러리요
어러리 고개고개로 나를 넘겨주게
어러리 어러리 어러리요
얼었다가 녹아지니 봄철이로구나
세월아 가려거든 너 혼자나 가지
꽃 같은 이내 청춘을 왜 데리고 가나

태기산아 봉화산아 말 물어보자
임 그리워 죽은 무덤이 몇 무덤이나 되나
울타리 밑에 저기 저 닭은 모이나 주면 보지만
저기 저 여자 볼려면 무엇을 줘야 보느냐

저 건너 갈비봉에 비 오나마나
어린 신랑을 데리고서 잠자나 마나
일 강릉 이 춘천 삼 원주인데
놀기 좋구야 물색 좋기는 횡성읍내로다

우리 집의 서방님은
원주 현창 나루에 소금 받으러 갔는데
일 년 열두 달 다 지나도 왜 아니오나

술 잘 먹고 돈 잘 쓸 적에는

금수강산이더니
돈 떨어지고 돈 못 쓰니
적막강산이라
개울이 좋아서 개울가로 갔더니
시누이 남편이 돌 베개를 베라네

돈 닷 돈 바래구서 봄보리 밭에 갔더니
물 명주 단속곳 가래이 똥칠만 했다.
요놈으 총각아 치매 폭을 놓아라
물명지 당사실루다 주름 잡은 게 콩 되듯 했네

어러리 어러리 어러리요
어러리 고개고개로 나를 넘겨주게
어러리 어러리 어러리요
얼었다가 녹아지니 봄철이로구나

특히나 횡성 어러리 타령은 너무 멋졌다.
정선 아라리와는 사뭇 결이 다른 소리.
메나리조로 정선 아라리보다는 템포가 다소 느리기는 하지만
그래서 더 깊은 맛이 난다.
횡성 어러리는.
남녀상열지사인 춘정이 은근하게 녹아 있는 가사를 가성을 섞

어 부를라치면 듣는이들을 후끈 달아오르게 했다.

　　술 잘 먹고 돈 잘 쓸 적에는
　　금수강산이더니
　　돈 떨어지고 돈못쓰니
　　적막강산이라
　　개울이 좋아서 개울가로 갔더니
　　시누이 남편이 돌 베개를 베라네

이 얼마나 야릇한 성정의 표현인가.

더군다나 팔십 평생을 홀로 독신으로 살아온 박 노인이 부르기에 더 간절하게 다가왔다.

매운탕도 바닥나고 나중에는 이곳 사람들 단골 안주인 라면땅 안주로 마감주 석 잔씩을 마시고서야 술판은 끝이 나곤 했다.

"햐!

바람대로라면 여름에 장마가 한 대여섯 번 왔음 좋겠네요.

그쵸? 장마괴기로 모강지 호강 좀 하게. ㅎㅎ."

동네에서 단 하나밖에 없는 유일한 가게가 바로 향자네 가겟방.

안흥 장날이면 마을 곡식을 실으러 오는 GMC 차량 짐칸에 마을 사람들 생필품이 실려 이 가게를 향한다.

내 목소리를 듣고 방 안에 있던 향자 아버지 파자마 차림으로 방문을 열며 가겟방으로 나서신다.

"허, 오늘도 증 선생이 또 걸렸어요?

그나저나 재수 옴 붙었으니 푸닥거리라도 해야 하는 거 아닌가요?

총각 선생 봉급도 얼마 안 될 텐데. 이렇게 맨날 과용해서 쯤 그렇구만. 오늘도 외상이죠?"

나뿐만이 아니다.

우리 학교 직원, 마을 사람들 모두 향자네 가게에서는 외상이다.

외상 장부에 좍 달아놓고는 선생들은 매월 17일 봉급날, 그리고 마을 사람들은 장날, 지게에 옥시기 가마니나 콩 가마니 지고 와 외상 장부 목록에 가위표를 한다.

"쐬주 되 병 두 개랑 꽁치 간스메도 한 개 주세요."

워낙 교통이 열악한 산골이라 이곳 소주는 이 홉이나 사 홉은 아예 없다. 되병 들이 소주가 유일하다. 하긴 되병이라고 해봐야 냉면 대접으로 대여섯 잔 부으면 끝이니 그리 많은 것도 아니지만.

이곳 화전민들은 보통 냉면 대접으로 소주를 마신다.

학교에서는 겨울이면 아이들의 월동용으로 나무장작을 난로에 땠다. 장작은 기성회에서 결정한 대로 십시일반으로 학부모들이 지고 왔다.

한 아이당 장작 한 짐.

지게에 가득 담으면 아마 장작 백여 개.

오후 느지막.

"쿵!"

숙직실 뒷마당에 장작 부리는 소리가 나면 난 득달같이 학부모 명단이 적힌 공책을 들고 숙직실 뒷마당 장작 가리로 향했다.

"안녕하세요. 낭구 짐이 엄청 실하네요."

"지게 밧줄이 닿는 한 한껏 때려지고 왔구먼요.

아~ 다른 것도 아니고 우리 아이들 뜨듯하게 겨울나는 건데 많이 지고 와야지요.

특별히 불심이 좋은 참 낭구 장작 골라 지고 왔어요, 선상님."

"자, 추운데 잠깐 들어오셔서 의안 한잔하시고 가세요."

그리고는 노란 양재기로 경월소주 한 잔.

역시 안주는 라면땅 한 봉지.

그때는 거의 모든 소주가 25도였다.

어떤 날은 장작을 지고 오는 학부형이 열 명도 넘어 석양주에 취해 관사에 들어오기 바쁘게 저녁이고 나발이고 다 제치고 떨어져 자곤 했다. 여기서는 그렇게 사발로 소주를 마시는 게 일상이었다.

제기랄.

그러고 보니 깡 소주가 달달 했던 기억은 또 하나 있다.

지난해 칠월 중순.

정말 하늘이 구멍이라도 뚫린 듯 시간당 100mm 넘는 폭우가 쏟아지고 순식간에 주천강은 흙탕물로 변했다.

"와~ 장창."

바윗돌 굴러가는 소리가 들리고 돼지가 떠내려가는 모습도 보였다.

밤새 비는 그치질 않고 내렸고 황토색 주천강물은 향자네 마당까지 넘실거려댔다.

학교는 당연히 휴교.

열 시 정도 되었을까.

빨간 우체국 자전거를 탄 강림우체국 집배원이 다급하게 우리 교실 창문을 두드렸다.

"선생님, 큰일 났네요.

저 건너 내실 마을 사는 강 씨네 집에 급한 전보가 왔는데 장마 때문에 나룻배가 못 건너니 이를 어쩌죠?

아마도 상을 당했다는 긴급 전보 같아요."

그랬다. 당시는 학교에도 전화가 없을 정도였으니 개인 집에 전화는 상상도 못 할 때였다. 마을에서 상을 당하면 제일 먼저 학교로 쫓아 와 가리방이라 불리던 인쇄용지에 부고 내용을 써서 학교 기사를 시켜 등사기로 밀어, 일부는 우체국으로 일부는 부고장을 들고 마을을 직접 뛰어다녔다.

"일단 강가로 나가 봅시다."

강 건너에는 물 구경 나온 건너 마을 사람들이 제법 눈에 띄었다.

"전보용지 비닐에 싸서 돌멩이 넣어 던져 보면 안 될까요?"

"선생님, 던지기 올림픽 선수가 던져도 안 될 거리에요. 저 건너까지는."

그렇게 우체부는 발만 동동 굴렀고, 사람들이 말릴 사이도 없이 난 러닝셔츠를 벗고 비닐에 싼 전보용지를 고무줄로 칭칭 감아 배에 차고 그래도 유속이 완만한 강가로 뛰어들었다.

어릴 때부터 만용蠻勇이 몸에 밴 나였기에.

대학을 연이어 떨어지고 집에서 아버지 따라 지게 지고 품앗이 다닐 때였었지.

그해 겨울은 유난히 추웠다.

아버지 따라 동장자골에 들어가 각지(갈퀴) 낭구를 한 짐 해지고 내려오는데 길가 저수지에 사람들이 모여 웅성거리고 있었다.

낭구 짐을 지게 작대기로 받쳐놓고 가 보니 저수지에 곡식을 가득 실은 트럭이 빠져있었다.

지금 같으면 레커차로 한 번에 끌어 올릴 수 있었으련만 그 당시는 그런 게 아예 없었다.

방법은 딱 하나. 저수지 배수구를 여는 거였다.

그 차가운 물 속에 누군가 들어가서 배수구의 통나무 토막을 빼내야 하는 거. 트럭 운전사는 쌀 한 가마 정도의 돈을 내놓으며 배수구를 열어주면 그 돈을 주겠다고 했다.

허나 그냥 있어도 불알이 달그락거릴 정도로 추운데 쌀 한 가마 아니라 억만금을 준다고 해도 누가 물속에 들어가겠는가.

그때 내가 옷 입은 채로 얼음장보다도 차가운 물 속으로 뛰어들었다. 돈도 돈이지만 트럭이 빠져 죽을상을 하고 있는 트럭 운전사가 너무 딱해 보여서.

거기다 몸에 밴 그놈의 만용도 한몫했고.

너무 추우면 아예 감각이 없는가 보다.

길어야 5분이 채 안 될 시간이었지만 내게는 그 시간이 너무 고통스러워 몇 시간도 더 돼 보였다.

물에 팅팅 불은 나무 덮개는 생각보다 쉽게 빠지질 않았고.

그야말로 젖먹던 힘까지 다해 배수구에 박힌 나무토막을 빼내 가지고 나와 서는 달그락거리는 불알을 움켜쥐고 그곳에서 제일 가까운 종근이 친구네 사랑방으로 마구 달렸다.

사랑방은 쇠죽을 쒀 늘 잘잘 끓었기에.

물살은 생각보다 빨랐다.

어릴 때부터 저수지 근처 살아 비록 개헤엄이었지만 수영 하나는 꽤 한다고 했지만

장마진 강은 장난이 아니었다.

수영을 하는 게 아니라 그냥 물살에 몸을 맡기고 떠내려가는 거였다. 그렇게 거센 물살에 몸을 맡기고 내실 마을 끄트머리 버드나무 숲까지.

지켜보던 사람들은 그제야 안도의 숨을 내쉬며 환호성을 지르고 박수를 쳐 댔다.

이놈의 만용이 또 한 번 일을 저질렀다.

향자네 마당에 서 있던 박 노인이 제일 먼저 달려와 내게 건넨 게 바로 막소주 한 사발.

와! 그때 젖은 몸으로 한 번에 벌컥 마셨던 막소주 한 사발이 어찌나 달근하기만 했던지. 지금도 가끔 그날 마셨던 술을 생각하면 저절로 입맛이 다셔지곤 한다.

"와!

오늘도 꽁치 간스메 사 가지고 오셨네.

혼자 사는 우리들 단백질 보충시켜 주시려고.

역시 증 선생 손 큰 건 알아준다니까."

"자~ 노가리도 노릇노릇 잘 구워 졌겠다 한 따가리씩 주욱 들이키죠?

교장 선생님도 심판 하시느라 수고하셨으니 이리 오세요."

"와, 죅인다.

역시 술은 이렇게 빈속에 마시는 석양주가 최고라니까.

안 그런가, 증 선생."

"그리고 세상에서 제일 맛있는 건 공空술이고. 그렇지? 증 선생."

그렇게 냉면 사발로 한 사발씩 벌커덕 석양주가 돌려졌다.

정말 빈 뱃속을 짜르르 훑어 내리는 25도 석양주의 그 짜릿함은 환상 그 자체다.

　거시기는 별로 못 해 봤지만 아마도 그 절정의 순간이 이런 거겠지.

　"자, 오늘은 중 선생 학채學債 낼 만큼 냈으니 오늘은 뽑기 비밀 공개해 줘야겠네."

　"교무주임님 비밀 공개라구요?"

　"자, 여길 봐, 중 선생."

　교무주임은 아까 뽑기 쪽지를 넣어뒀던 깡통을 내게 건넸다.

　난 깡통에 꼬깃꼬깃 접혀 있는 다섯 장의 쪽지를 조심스레 펼쳐봤다.

　'아니 이럴 수가?'

　쪽지에는 하나같이 '꽝'인 X표가 다 그려져 있는 게 아닌가?

　그랬었구나.

　다섯 명이 공모해 내게 제일 먼저 쪽지를 뽑게 했고, 뭣도 모르는 나는 쪽지를 펼쳐 보자마자 '꽝'이다 소리를 외쳤었다.

　닷새 내내.

　그네들은 손뼉을 치며 남은 쪽지를 활활 타오르는 난로에 던져 넣었고.

　'이런 숙맥하고는!'

　이래서 선생 소리 듣나 보구나.

　"이거 너무 한 거 아녜요? 다섯 분 선생님들.이건 분명 사기예요,

사기.”

“허~ 허. 증 선생이 우리 보고 나머지 쪽지 까 보라고 안 했잖아?

증 선생 꺼 까 보고는 들돌같이 술 사러 갔구먼. 닷새 동안. 안 그런가?”

“정 선생, 나도 작년 발령받고 와 일주일이나 ‘꽝’ 쪽지 뽑고 술 사 날랐어. 정 선생은 그래도 간스메 사 날랐다고 나보다 이틀 감해 준거야.”

이런 제기랄.

아무튼 다음날부터 쪽지 뽑기는 교무실에서 사라지고 대신 달력 뒷장에 ‘죽~죽’ 사다리를 긋고 사다리 타기를 했다.

석양주 받아오기 내기로.

“자 자— 석양주로 발동도 걸렸겠다 집구석 들어가 밥해 먹기도 싫은데 라면 내기나 한 판 칩시다.”

“좋죠. 그렇잖아도 요즘 라면이 땡겼어요.”

처음에는 일본놈들이 뱀 가루를 넣어 라면 만들었다고 해 비위 약한 나는 라면이 저어스러워 젓가락도 들지를 않았다.

그러다 웬걸, 한 술 한 다음 날 저녁 어스름 옆집 선배네 집에 가 얻어먹은 라면 맛은 그야말로 압권이었다.

둘이 먹다 한 놈 죽어도 모를 정도로.

그때는 라면이라는 게 출시된 지 몇 해 안 된 터라 시골에서는 그야말로 별식 중의 별식이었다.

횡성교육청에 출장이라도 가는 길 있으면 열 일 제치고 난 읍내 마트에 들려 배낭 가득 라면을 사 짊어지고 강림행 버스에 오르곤 했었다.

'좌르르~'

교무주임네 안방에 국방색 군인 담요가 펼쳐지고 교장 선생님과 처녀 선생님인 양 선생을 제외하고 선생 넷이 들러 앉았다.

"자 요령은 전과 동. '나이롱 뻥' 쳐서 1등 2등은 꽁 먹고 3, 4등 라면 사 오기."

그때만 해도 고스톱은 별로 없었다.

민화투는 글자 그대로 밋밋해 그렇고 나이롱 뻥이 대세였다.

민화투야 들어 온 패 대로 짝 맞춰 가져가는 거라, 다른 고려사항이 없었지만 나이롱 뻥은 상황판단력과 담력 그리고 타이밍이 최대 관건이었다.

거기다 상대방에게 내색 안 하는 표정관리까지.

더 고수는 상대방 얼굴에서 가지고 있는 패까지 읽어냈고.

한 판, 두 판….

화투장이 돌려지고 한 판이 끝날 때마다 달력 뒷장에는 각자의 점수가 적혀졌다. 점수가 낮은 사람이 우승이다. 막내인 내가 점수를 계산하고 달력 뒷장에 적어 나가는 서사書士.

12월 막달.

그야말로 야구로 치면 9회 말, 투 아웃 상황.

교무주임이 2등 내가 3등이다.

점수 계산을 해 보니.

교무주임이 먼저 8빵을 하고 느긋하게 화투 2장을 쥐고 여유를 부린다.

"허, 이거 아까 뽑기해서도 증 선생한테 술 얻어먹었는데 라면도 또 얻어먹게 생겼네. 우짜면 좋노? ㅎㅎ. 이러다 총각 선생 불알까지 거덜 나는 거 아닌지 모르겠다."

끝까지 빵을 못하고 다섯 장 화투를 쥐고 있는 나를 향해 또 능글맞게 야지를 놓는다.

아무튼 남 염장 지르는 데는 일가견이 있다.

담요 한가운데 뒷목 화투가 다 없어지고 손에 각자 가지고 있는 화투 끝수를 가지고 이제 계산을 마감할 차례.

일 등과 꼴찌는 진즉에 정해져 있기에 계산해 보나 마나 라며 화투장을 내 던지고, 이제 교무주임과 내 화투장만 가지고 계산해 순위를 매기면 된다.

그때까지 나랑 교무주임 점수 차이는 달랑 3점.

내가 3점 뒤져 3등이었다.

"자, 난 삼 사구라 껍데기 한 장이랑 사 흑싸리 껍데기 한 장… 그러니까 7점밖에 안 되네."

그야말로 화투 다섯 장을 가진 나를 향해 여유만만이다.

이제 게임은 다 끝났다는 듯.

"자~ 교무주임님 보세요.

8 자전 삥에 이 매조 껍데기랑 일송 껍데기 한 장. 에~ 그러니까 루 8 세 장 이렇게 내 버리고 3점이네요.

ㅎ, 어쩌죠?

교무주임님, 제가 1점 차로 2등을 했네요."

"예끼, 이 사람. 자전 삥 진작에 버릴 것이지 왜 끝까지 쥐고 있는 거여?

누굴 염장 지르려고?

이런 못된 사람하고는…."

울그락 불그락 표정 관리가 잘 안 되는 교무주임이 똥 먹은 얼굴로 한마디 한다.

"와! 오랜만에 교무주임님 사시는 라면 맛 기막히겠는걸요?

교무주임님 감사합니다.

이렇게 출출한 저희들 위해 별식을 제공해 주셔서. 술도 떨어졌는데 술은 앤 분에 일 분삐이로 살까요?"

"됐어, 이 사람아. 술 사 오라는 말보다 더 하구먼."

"교무주임님, 대신 제가 향자네 가겟방까지 후레쉬 들고 동행해 드릴게요. 라면 물 올려놓고 같이 가요."

"허~참, 사람하고는 오늘 아주 자네 살판이 났구만."

석유곤로에 불을 붙이고 노란 양은냄비에 물을 적당히 붓고는 난 룰루랄라 국방색 휴대 전등을 들고 교무주임님 뒤를 따랐다.

　멀리 주천강 건너 내실 뒷산에서 밤 부엉이가 긴 겨울밤이 심심한 듯,

"떡해 먹자 부엉

　양식 없다 부엉." 소리를 내 지른다.

　그렇게 산골학교의 겨울밤은 시나브로 깊어만 가고.

　그때까지도 박 노인은 소주병을 붙들고 정물靜物처럼 그 자리에 앉아 계셨다.

　나지막한 목소리로 횡성 어러리를 내뱉으며.

　어러리 어러리 어러리요

　어러리 고개고개로 나를 넘겨주게

　어러리 어러리 어러리요

　얼었다가 녹아나 지니 봄철이로구나.

꽁생원 열전列傳

　　오늘은 만사 제치고 퇴근길에 마누라 불러 내 돼지고기 등뼈 고기가 제법
실하게 붙어있는 감자탕 한 그릇 해야겠다.

'제기랄
이래도 내가 꽁생원인가?'
내 스스로에게 반문해 본다.

"나 참, 저 양반 못 말리겠네.

누가 선생 아니랄까 봐.

아~ 대충대충 해요.

니미랄, 오늘만 날인가.

매일 눈뜨면 노가다 뛰어야 하는 우리 재산이 몸뚱아린데 그렇게 오버하면 며칠 못가고 말아요."

"그래도 오늘 일당 받았으면 일당 값은 해야지요. 짧은 봄 해에 언제 다 하겠어요?"

"걱정도 팔자슈.

대강 철저히 심어도 살 놈은 다 살고 아닌 말로 감독 녀석이 낭구 심은 거 일일이 검사한답디까? 대강 철저히.

그런 게 다 세상 사는 요령이에요. 아셨소? 증 선생.

아닌 말로 증 선생처럼 제 털 뽑아 제 구멍 박아서 이 험한 세상 어찌 살겠수?"

"나 참, 저 양반 누가 꽁생원 아니랄까 봐."

과거 태백 탄광 막장에서 탄을 캤다는 나보다 대여섯 살 연배인 강 노인이 옅은 기침을 쿨럭이며 나를 향해 일침을 놓는다.

'꽁생원生員'

국어사전에는 마음이 너그럽지 못하고 소견이 좁은 사람을 놀림조로 이르는 말이라고 정의해 놓고 있다.

요즘엔 속된 표현으로 '쪼다'라는 말이 더 와닿는다.

꽁생원 대신에.

아무튼 세상 사는 요령이라고 쥐뿔도 없는 그런 사람을 가리키는 말일 것이다.

내겐 상흔傷痕처럼 따라다닌 말.

꽁생원.

귀에 딱지가 박히도록 들은 말을 산림조합 조림 사업 노가다 일을 하면서 동료인 강 노인에게서 또 듣는다.

아주 오래전, 내 어릴 적 국민학교 때 처음 들은 꽁생원이란 단어가 뜬금없이 뇌리를 파고든다.

마치 트라우마처럼.

"어유! 저런 얼간이 같으니라구!"

"그러게 말야. 꼭 하는 짓 하고는…."

난 얼굴이 숯불처럼 화끈 달아올랐다.

그러고는 구부렸던 허리를 펴고는 나를 향해 손가락질하며 깔깔거리는 친구들을 바라다봤다.

하나같이 그들의 표정은 나를 징그러운 참깨밭의 깨 벌레 보듯 했다. 더군다나 혀까지 끌끌 차시며 이쪽을 보고 계시는 담임 선생님의 얼굴을 난 차마 똑바로 바라볼 수가 없었다.

아까보다도 더 커다란 친구들의 야유와 비웃음 소리가 내 머릿속을 뒤흔들어댔다.

어지러웠다.

으쓱거리는 표정으로 손에 손에 대 여섯 그루씩의 노간주나무 묘목을 꼬나 든 반 친구들 모습이 회전 그네에 매달려 맴을 도는 꼬맹이들처럼 하늘을 빙글빙글 맴돌았다.

꺽다리 담임 선생님의 황새 목 같이 커다랗기만 한 두 다리가 서너 개로 보였다가 이내 한 개로 찌그러져 보였다.

수 많은 별들이 빛을 퉁기며 내 머리 위로 무수히 떨어져 내렸다. 꺼먹 고무신을 신은 두 발이 밑도 끝도 없는 고래실 논바닥 뻘 속으로 빠져들 듯 미끄럼을 탔다.

"야! 이 녀석아!

그래 딴 애들은 한 시간도 못 돼 예닐곱 그루씩 캐 가지고 검사를 맡는 판에 니는 아직 한 그루도 못 캐 끙끙거리고 있냐?

도대체 어떻게 된 거여?

으이고, 속 터져… 니만 보면."

"선생님, 저 한번도 안 쉬고 캤어요. 정말이예요."

"아 그럼 뭐여? 저 애들은? 이궁 한심한 녀석 같으니라구."

"…."

난 정말 뭐라 대답할 말이 없었다.

입이 열 개라도.

하기사. 이제까지 친구들이나 선생님께 앞뒤가 꽉 막혔다는 핀 통아리를 첨 들은 나는 아니지만 오늘은 정말 그게 아니었다.

그랬다.

난 친구들의 말을 그대로 빌리면 요령이라곤 쥐뿔도 없다는 거였다. 실은 쥐뿔은 본 적도 없지만서도.

오늘 일만 해도 그렇다.

4월 5일 식목일을 앞두고 우리 학교에서는 식목 행사를 대대적으로 벌였다.

우리 반이 맡은 일은 교문 옆 실습지에 심어 져 있던 노간주나무를 파내는 작업이었다. 담임 선생님은 잔뿌리 하나도 안 다친 묘목 하나를 들고 와서는 우리들에게 작업 방법을 일러주었다.

"여러분!

이 나무를 보세요. 새파란 이파리가 잘 자라고 있죠?

이건 밑에 붙어있는 뿌리들이 부지런히 땅속에서 물과 영양분을 잘 빨아올린 덕분이에요.

절대 원뿌리는 물론이고 여기 솜털처럼 보드라운 잔뿌리도 안 다치게 캐야 해요. 힘이 들더라도 둘레를 넓고 깊게 파서 나무를 캐도록 하세요."

"네."

소리를 합창하듯 내지르곤 아이들은 각자 맡은 나무를 향해 뛰어갔다.

"한 사람 앞에 다섯 그루 이상 캐서 검사를 받도록. 시간은 지금부터 두 시간. 다 캔 사람은 검사를 받고 운동장에서 놀아도 돼요."

삽날이 돌멩이에 부딪히는 소리가 여기저기서 들려왔다.

"에이— 씨!

무슨 놈의 재주로 두 시간에 다섯 그루를 캐나?

땅도 순 자갈밭이 구만."

"그러게 말여.

야, 담임 샘 없을 때 적당히 하지 뭐."

"그래. 빨리 끝내고 어젠 못한 찜뽕이나 하자구."

난 간간이 들려오는 친구들의 소리를 들었지만 도대체 그게 어떻게 한다는 건지 알 수가 없었다. 도대체.

난 웃옷을 벗어 나무에 걸어 놓고는 부지런히 삽질을 시작했다.

학교가 들어앉은 양짓모텡이가 다 그렇지만 서도 유독 학교 부근 땅은 더 했다. 숫제 겉에만 흙이었지 한 뼘만 파 내려가도 온통 돌무더기였다.

삽 끝에선 연실 불똥만 번쩍일 뿐 영 진도가 나가질 않았다.

그래도 난 집에서 아버지를 도와 삽질을 꽤 해 본 터수라 돌멩이를 비켜 더 넓게 구덩이를 파 내려가고 걸리적거리는 호박만 한 돌들을 들어 올렸다.

연하디연한 나무뿌리는 묘하게도 돌멩이 옆을 잘도 피해 땅속으로 뿌리를 내리고 있었다.

얼마나 시간이 흘렀는지 모르지만 그렇게 그야말로 허리 한 번 안 펴고 삽질을 하다 몸을 일으켰을 때 내 얼굴과 등허리에서는 팥죽 같은 땀이 주르르 흘러내리고 있었다.

이제 노간주나무는 원뿌리는 물론 곁에 붙은 잔뿌리까지 앙증맞은 모습으로 내 시야에 들어왔다.

난 한 차례 쉴 요량으로 구덩이에서 나와 옆의 친구들 작업하는 곳으로 눈길을 돌렸다. 작업 진도가 궁금해서.

난 옆 친구들 작업하는 모습을 보고 입이 딱 벌어졌다.

담임 눈을 피해 아이들은 하나같이 땅은 서너 뼘 파 놓고는 냅다 나무를 잡아당기고 있었다. 마치 나무와 줄다리기라도 하려는 듯.

한 놈 힘으로 안 되면 옆의 친구까지 가세해서.

나무는 실뿌리가 끊긴 채 개처럼 끌려 나왔다.

그래도 안 되는 뿌리는 친구들 삽날에 여지없이 거덜이 났다.

'이건 아닌데?'

"얘들아? 그렇게 캐면 잔뿌리가 다 끊어지잖아. 나무가 불쌍하잖아."

"어쭈구리.

그럼 임마 두 시간에 이런 돌바닥에 묻힌 낭구를 어떻게 캐냐?

살 놈은 이렇게 캐도 다 살아.

니나 잘하세요, 골샌님."

"그래도….'

"몰라도 세상을 한창 모르시나 봐. 우리 꽁새원 나리.

요즘은 눈감으면 코 베 가는 게 아니라 눈 시퍼렇게 떠도 코 베 가는 세상이라구."

"등신, 그래 니나 종일 제 털 뽑아 제 구멍 넣으며 뺑이 쳐 봐라. 우린 후다닥 검사 받고 찜뽕하러 갈란다."

녀석들은 별놈 다 보겠다며 각자 적당히 작업한 노간주나무를 댓 그루씩 들고는 선생님을 향해 꽁지가 빠져라 뛰어갔다.

이제 울타리 밑에는 나 혼자뿐이다.

어디를 봐도 나무를 캐는 친구는 아무도 없었다.

담임 선생님께 검사를 받은 녀석들은 나를 향해 손을 들어 엿을 한 번씩 먹여대고는 운동장 속으로 까르륵거리며 빨려들었다.

'이건 아닌데 정말….'

난 나를 향해 조소를 날리며 멀어져 가는 친구들을 바라보며 작년 가을 운동회가 생각났다.

그날 우리 반은 이름도 고상한 '살짜기 옵서예'라는 학급 단체 경기를 했었다.

제목은 그럴싸했지만 경기 내용은 쟁반에 배구공을 얹어 머리에 이고 반환점을 돌아오는 경기였다. 물론 경기 중에는 절대 공을

손으로 잡아서는 안 되는 규정이 있었다.

때마침 청군과 백군의 총점이 그야말로 백중세였다. 단체 경기 승패 하나로 청군과 백군의 명암이 엇갈렸다. 양편 라인에 앉은 친구들은 목이 터져라 자기 편을 응원했다.

드디어 내 차례가 왔다.

난 제멋대로 흔들리는 배구공에 잔뜩 신경을 곤두세우고는 쟁반을 머리에 이곤 외나무다리를 건너듯 반환점을 향해 달렸다.

내 맘과는 달리 쟁반 위의 배구공은 서너 발을 못 견디고는 땅으로 굴러떨어졌다.

우리 편 아이들은 난리를 쳤다.

그런 나를 보고.

한 번 두 번 세 번…

나는 그렇게 땅에 굴러떨어진 공을 주워 쟁반 위에 올려놓고는 달리고 또 달렸다.

얼굴은 울상이 됐고 등에서는 정말 주먹 같은 땀이 좍좍 흘러내렸다. 벌써 상대 팀은 두 사람 째 반환점을 돌고 있었다.

우리 편에선 야단이 났다.

아니 지랄 발광이 났다는 표현이 더 맞을 거 같다.

갖은 욕설이 날 향해 날아들었다.

어떻게 내 자리까지 왔는지 모른다.

하늘이 노래지고 귀가 먹먹해졌다.

그땐 내 옆에 쥐구멍이라도 있으면 기어들어 가고 싶은 심정이었다. 정말이지.

"야, 이 빙신아!

니 땜에 우리 편 망했잖아.

니는 눈도 없냐? 상대 팀 애들 봐. 공을 슬쩍 슬쩍 잡고 뛰면 안 떨어지잖아.

니처럼 곧이곧대로 하는 놈 하나래도 있는 줄 아니?

아이구 속 터져."

'그랬었구나?…'

그렇지만 지금 생각해 봐도 난 설사 그 방법을 알았다손 치더라도 그렇게 할 위인이 못 된다는 걸 내가 더 잘 안다.

난 다시 사방을 휘휘 둘러보았다.

아무도 없다.

'그래, 니들이 뭐라 든 난 내 식대로 할 거 구면.'

난 다시 삽을 거머쥐었다.

그리곤 힘차게 단단한 돌멩이 사이에 삽날을 들이밀었다.

아무도 없는 담벼락에 오줌을 내깔길 때처럼 알 수 없는 쾌감이 등허리를 타고 올랐다.

난 돌 틈 사이에 짓눌려있는 실뿌리를 캐내기 위해 부지런히 삽을 움직였다.

박 속같이 연하고 가녀린 잔뿌리는 이제 짓눌려있던 돌멩이 틈새에서 비로소 맘껏 큰 숨을 쉬는 듯했다.

'귀여운 것.'

난 행여나 실뿌리가 상처라도 입을까 두려워 땅바닥에 배를 깔고는 엎드려 손가락으로 뿌리 옆 흙을 긁어냈다.

마치 고고학자가 붓으로 땅속의 보물을 들어내듯.

잔뿌리에서는 미세하지만 알 수 없는 향기가 알싸하게 내 코끝을 간지럽혔다.

'행복하다. 아니, 뿌듯하다.'

난 두 눈을 반들반들 굴리며 남한테 코 안 베키기 위해 안간힘을 쓰고 있을 친구 녀석들의 모습을 하나둘 그려봤다.

그리곤 아주 작은 목소리로 읊조렸다.

'느그들은 뭘 몰라! 임마.'

'꽁생원 쪼다라 불러도 좋고.'

그 후로 친구들은 내 이름 석 자 대신 꽁생원이란 별명과 쪼다라는 별명을 입에 달고 살았다.

"증 선생."

강 노인 이 양반은 '정'이라는 발음이 안 되는지 꼭 증 선생이라 날 부르곤 한다.

"이런 거 물어봐도 되겠소?

평생 선생을 했으면 매달 연금도 솔찮게 나오실 텐데 으등그런 이런 날까지 나와 노가다를 왜 하는지 고것이 참 궁금했어요.

저번부터 그것이 궁금해 물어보려던 참이었는데 괜히 쓸데없는 거 물어봐 중 선생 마음 상할까 봐 재고 있었어요."

점심때 산주가 배달해 준 도시락을 먹고 봉다리 커피를 마시려는데 옆의 강 노인이 슬며시 말을 건넨다.

말투로 보아 많이 생각하고 묻는 거 같았다.

"어르신, 저 연금 같은 거 없어요. 퇴직할 때 일시금으로 다 받았어요."

"일시금도 꽤 많았었겠네요?

그거 은행 맡겨 다달이 이자 타 쓰면 가려운데 긁지 않고 잘 쓰실 거구만.

난 평생을 막장에서 탄가루 마시고 살았지만 퇴직금이라고 몇 푼 주는 거 사업한답시고 퇴직 무렵 여느 땐 얼씬도 안 하던 아들 녀석 뻔질나게 드나들더니 차용증인가 뭔가 한 장 써 갈겨놓고는 피 같은 돈 갔고 내뺀 뒤론 일체 소식이 없네요. 니미럴!

그래서 광산 문 닫은 태백을 떠나 집도 절도 없는 낯선 이곳 횡성 땅에 빌붙어 살게 된 거구요."

난 지금도 연금 생각만 하면 자다가도 벌떡 일어선다.

우유부단하기만 한 못난 나를 자책하면서.

그릇이라는 게 있는 모양이다.

난 어릴 때부터 그릇이 남들보다 작았던 거 같다.

거기다 소심하고 우유부단하고.

어쩌겠는가. 부모로부터 물려받은 DNA가 그것뿐인걸.

그때만 해도 시골 중학교인 우리 학교는 남녀공학이었다.

60명 중 40여 명은 남학생 그리고 20여 명이 여학생.

워낙 소심한 데다 용기라고 쥐뿔도 없는 터라 3년 동안 같은 길을 아침저녁으로 통학을 했지만 난 단 한 번도 우리 마을 사는 여자친구와 말은 물론 인사말 한번 못 나눠보고 졸업을 했다.

등굣길이나 하굣길 우리 반 여학생들이 오면 난 일부러 옆길로 피해 다니곤 했었다.

중3 때 되어 친구들은 변성기를 맞아 목소리도 걸걸해지고, 여 자친구들 꽁무니를 따라 다니고, 사랑방에 모여 민화투를 치고 더러는 어른 몰래 꽁초를 피워물어도 난 단언코 그네들과 한자리 에 있어 보질 않았다.

난 그렇게 늘 혼자였고 외톨이였다.

그저 집안 농사일 거드는 틈틈이 학교 도서관에서 빌려 온 책을 밥처럼 맛있게 먹는 게 유일한 내 취미였다.

그 덕분인지 졸업 때는 우등상을 탔고, 충청도 명문고인 충주고 에 입학을 할 수 있었다.

부전자전父傳子傳이라고 했던가.

아버지도 그랬다.

거기다 띠까지 쥐 띠셨으니 오죽했겠는가.

일제 강점기, 당시엔 보통학교만 나왔어도 공무원이나 선생을 할 때였다.

성실하고 필력도 좋은 덕분에 아버지는 그곳 면사무소에 면서기가 되셨고 5·16 때까지 갑천면사무소를 떠나질 않으셨다.

호적계 면서기로.

아버지에겐 호적 업무가 딱이었다.

호적 업무야말로 요령이라는 게 당최 필요가 없는 부서였기에.

워낙 꼼꼼하시기에 아버지가 작성한 호적 서류는 군 관계자들의 정기감사 때에도 늘 프리 패스. 하자라는 게 단 한 군데도 없었다. 아버지가 작성한 호적 관계 서류는.

박정희가 혁명을 일으키고 세상이 변했다.

혁명과 쇄신이라는 명분에 범생 공무원들이 옷을 벗어야 했다.

권총을 허리에 찬 혁명군인들은 군화를 신은 채 면장실을 드나들며 감원 공무원 명단을 가져갔다.

면장은 혁명군이 요구하는 인원수를 채워야 했고.

면장은 자르면 사생결단으로 덤벼들 깡 센 공무원은 열외로 하고 아버지같이 짤라도 그제 죽습네 하는 심약하고 착한 공무원들 이름들만 적어 혁명군에게 넘겼다.

그네들 이름 뒤에는 부정부패와 무능 공무원이라는 꼬리표를 달아놓고.

아버지는 서랍 속 잉크와 펜을 가방 속에 집어넣고 달다 쓰다

말 한마디 못하고 면사무소를 터덜터덜 걸어 나오셨다.

그리고는 다음날부터 어머니랑 얼마 되지 않은 농사 거리를 지으셨다.

평생을 책상에 앉아 호적 정리나 하던 분이 어찌 농사를 제대로 할 수 있겠는가. 거기다 남들처럼 농사 손 잽싸 휘둘러 농사 일을 하는 것도 아니고. 아버지가 밭을 매면 밭에 기름기가 좔좔 흘렀다.

얼마나 꼼꼼했던지.

그러나 농사는 그렇게 해서는 안 되는 거였다.

몇 번 이웃 농사일 품앗이를 다녀오고 나서는 이웃집들이 품앗이 퇴짜를 놨다.

남이 밭 세 고랑을 매고 나서도 아버지는 아직도 첫 고랑에서 꼼지락거리고 계셨고, 손모를 심을 때는 모 줄이 한참을 넘어가도 그 자리에서 모춤을 잡고 계셨다.

자연히 품앗이는 아버지에 비해 어떤 농사일에도 남정네 못지않은 솜씨를 발휘하시는 어머니 몫이 됐다.

아버지를 대신해 봄가을이면 누에를 치고 겨울에는 밤늦도록 길쌈을 하며 정말 소같이 일하시는 어머니 덕분에 근근덕신 우리 형제들은 학교나마 다닐 수 있었다.

하지만 열 서너 마지기 논과 2천 평 남짓한 밭을 부쳐서 자식 공부시키기에는 너무 힘들었다.

범생이로 공부 꽤나 했지만 고등학교 졸업 후 예비고사에 붙고 나서 내게 돌아온 건 돈 안 드는 교육대학 입학뿐이 없었다.

그때도 난 교육대학이 가기 싫어 속으로 새끼를 몇 댓발 꽜지만 결국은 입학원서를 들고 원창고개를 넘어 춘천을 향했다.

선택에 기로에 설 때마다 난 내 의지는 온데간데없이 사라지고 그저 처분만 바라볼 뿐이었다. 그렇게 2년, 대학 흉내만 낸 교육대학을 졸업하고 선생이 됐다.

워낙 적성이고 뭐고 따질 겨를없이 선생을 시작했지만 타고난 범생 탓에 별 탈 없이 꼬맹이들과 생활을 했다.

하지만 거기에도 살아가는 요령은 있는 법.

특히나 관리직이라는 교감·교장 승진을 위해서는 더더욱.

교감 승진을 위해서는 따야 할 점수가 참 많았다.

먼저 최소 10년 이상은 벽지학교에서 벽지 근무점수를 따야 하고, 대학원 졸업을 해 학력점수를 따야 하고, 방학 때 연수를 가 연수 성적이 적어도 100점에 근접해야 하고, 부장 교사로 7년 이상 근무해 부장 점수도 채워야 하고, 연구논문 대회에 입상해 연구 점수도 따야만 했다.

그러나 승진을 좌지우지하는 건 교감 교장이 주는 근무평정 점수였다. 어찌했던 그 학교 직원들 중에서 1등을 해야만 승진이 가능했다.

난 자의보다는 타의에 의해 많은 시간을 벽지학교에서 보냈다.

2월 인사철이 되면 교장, 교감에게 손을 벌리고 그도 안 되면 교육청 인사 장학사한테 빽을 써야 소위 물 좋은 학교를 갔다.

그런 터수니 나 같이 꽉 막힌 꽁샌님이 갈 데는 벽지학교뿐. 그러니 벽지 점수가 넘쳐났고, 동기들이 하나둘 승진을 해 관리직으로 장학사로 나가자 나도 승진대열에 뛰어들었다.

방학을 이용해 4년제 교육대학교에 편입해 졸업을 했고, 3년 동안 방학을 이용해 교육 대학원에 진학해 석사 학위도 땄다.

오십 중반이 되자 교감 승진 점수가 얼추 채워지는 거 같았다.

이제 2년 동안 교장이 근무점수만 만점을 주면 대망의 교감 승진이 눈앞에 보이는 듯했다. 하지만 거기까지였다. 내게 있어 승진 바람은.

나름 그야말로 교장 눈 밖에 나지 않으려 아이들도 열심히 가르치고, 누구보다도 일찍 출근하고 저녁 늦게 퇴근을 했지만, 바람은 바람 그 자체로만 그치고 말았다.

워낙 체질적으로 술을 못 하는 터라 사흘이 멀다 않고 중견 교사들이 모이는 술자리를 얼씬양도 안 한데다, 명절이면 그저 입으로만 교장, 교감에게 명절 잘 쇠라고 립싱크만 해댔으니 개뿔이나 누가 그런 내게 근무점수를 주겠는가.

근무점수는 워낙 비밀을 요 하는 거라 교장, 교감만 안 다지만 교육청에 점수평정표가 나가고, 저녁때면 쫙~ 하니 점수 결과가 학교 문턱을 넘나들었다.

그렇게 한 해 두 해가 가고 난, 시나브로 교포(교감·교장 승진 포기교사)가 됐다. 친구들은 교감이 되고 교장이 될 동안 난 머리가 하얘 가지고도 그저 평교사로 교실에서 분필을 잡고 수업을 해야만 했다.

뒤돌아보면 내 못남 때문에 뒤틀어진 내 인생이 어디 한두 개이겠냐 마는 지금도 가장 가슴을 치고 못난 나를 자책하는 게 바로 연금 선택이었다.

'그때 마누라 말 듣고 아들 녀석 안 볼 생각하고 독한 맘 먹고 연금으로 했어어야 하는데, 그놈의 심약하고 우유부단한 내 못남이 내 인생 노년을 이리 어렵게 만든 거 같다.'

"아버지, 지금 짓는 다가구주택이 분명 대박 날 거예요.

거기다 전망 좋지 역세권이지, 산지개발 허가만 떨어지면 바로 공사 들어가요.

내 돈 얼마 들이지 않고 미리 세입자들한테 선 전세 받으면 뚝딱 5층짜리 건물이 우리 건물이 될 거예요.

아버지 평생 교단에서 고생만 하셨는데 이제 남은 여생 우리 건물 관리나 슬슬 하시면서 즐기시며 사세요.

그리고 제가 부모 자식 간이지만 차용증서 제대로 작성하고 이자도 5부로 매월 꼭꼭 아버지 통장에 넣어 드릴게요. 그리고 세입자들 전세금 받으면 아버지 피 같은 돈 바로 갚아 은행에 넣어 드릴게요.

요즘 은행 이자가 엄청 높잖아요.

아버지 일시금 은행에 넣고 이자만 받으셔도 실컷 쓰실 수 있을 거예요. 원금은 원금대로 살아있구요."

아들 녀석은 퇴직 즈음해 주말마다 우리 집을 찾았다.

잘 안 오던 며느리까지 대동해.

세상에 자식 이기는 부모 없다고 결국 집요한 아들 녀석 요구에 심약하고 우유부단한 난 덜컥 연금 포기서류에 도장을 찍고 정말 피 같은 퇴직금을 일시불로 수령했다.

아들 녀석은 거창한 차용증서 한 장을 내게 건네고는 솔개 병아리 채 가듯 피 같은 퇴직금을 거둬 갔고.

처음 몇 달 아들 녀석은 꼬박꼬박 이자를 내게 부쳐왔다.

그러다 6개월이 채 안 돼 다급하게 공사에 차질이 생겨 이번 달은 이자를 못 드릴 거 같다더니 다음 달에는 전화마저도 끊겼다.

산지개발은 요원하고 역세권은커녕 기차가 거기로 통과한다는 정보는 그야말로 떴다방들의 장난질이 돼 버리고, 투자자들이 불을 켜고 아들을 쫓아다니자 어느 날 세간살이까지 그대론 둔 채 아들은 종적을 감췄다.

정말 믿기 힘든 일이 퇴직 일 년도 안 돼 내게 가혹한 현실로 다가왔다. 빚을 받으려 피해자들이 하루도 거르지 않고 우리 집에 나타나 아들을 찾아내라고 난리를 쳤다.

억장이 무너진다는 말이 비로소 실감이 됐다.

곶감 빼 먹듯 마누라가 나 몰래 꿍쳐 뒀던 비상금으로 살얼음판 같은 삶을 영위했다. 환갑 진갑이 넘어 난 돈이 되는 곳이면 어디든 찾아나서 아침이면 운동화 끈을 조여맸다. 그런 터수니 언감생심 친구들과의 모임도, 사회생활도 내겐 허락되지 않았다.

월 회비 5만 원이면 퇴직한 친구들과 만나 얼굴도 보고 식사도 하련만 내게 5만 원이면 쌀 20kg를 살 수 있는 거금이었다. 사정을 잘 모르는 친구들은 쪼다 같은 놈이라고 갖은 욕을 다 해대고 손가락질을 했다.

평생을 분필 들고 아이들이나 가르쳐 온 터라 세상에 대해 아는 게 전무했다. 거기다 꽁생원으로 세상사는 요령이라곤 젬병이었으니.

어디를 가도 나이 타령이고 무슨 기술이 있냐고 물었다.

대학원을 나왔으면 뭘 하겠는가.

당장 급하니 이력서를 들고 정말 발에 땀이 나도록 돈이 되는 곳이면 어디든 발걸음을 했지만 결국 돌아온 건 허사였다.

그래서 찾아간 곳이 집 근처에 있는 인력 사무소.

거기도 만만찮은 게 아니었다.

새벽 6시 먼동이 트자마자 사무실에 가 줄을 서고 사무소 소장이 찍어주는 대로 봉고차를 탔다. 특별한 기술이 없기에 내게 주어지는 일거리는 잡부.

그래도 운이 좋으면 한 달에 열흘 정도는 봉고차를 탔다. 한겨울을 빼고는.

나무 심는 일은 그래도 먼지 온몸으로 먹어가며 공사장 오르내리는 것보다 훨씬 양반이다.

오늘로 안흥면 자작나무 심는 작업도 닷새째다.

느실거리던 동료들도 산주인 감독이 옆에서 지켜보니 농땡이 못 부리고 열심히 삽질을 한다.

아무리 봄이라지만 산골의 해는 짧다.

5시 땡 하면 영락없이 작업이 멈춰진다.

작업을 마치자 봉고차를 끌고 온 소개소 소장이 현금을 나눠준다.

12만 원에서 소개비 만원을 공제한 11만 원.

오늘은 만사 제치고 퇴근길에 마누라 불러 내 돼지고기 등뼈 고기가 제법 실하게 붙어있는 감자탕 한 그릇 해야겠다.

'제기랄!

이래도 내가 꽁생원인가?'

내 스스로에게 반문해 본다.

선바위

실로 순식간이었다.

선바위가 그렇게 사라진 것은.

2000여 년 묵묵히 병지방 마을 사람들과 함께 동거동락同居同樂하던 선바위는 역사 저편으로 사라졌다.

구융소 단풍이 선홍빛으로 물들이기 시작하던 가을날.

실로 순식간이었다.

선바위가 그렇게 사라진 것은.

2000여 년 묵묵히 병지방 마을 사람들과 함께 동거동락同居同樂
하던 선바위는 역사 저편으로 사라졌다.

구융소 단풍이 선홍빛으로 물들이기 시작하던 가을날.

포크 레인이라 불리는 굴삭기 삽날 아래 선바위는 맥없이 무너
져 내리고, 선바위는 아무런 실체 없이 전설이 되고 말았다.

마을 사람들은 할 말을 잃고 그냥 멍하니 무너져 산 아래로 굴
러떨어지는 선바위 파편들만 바라보고 있었다.

속수무책.

나도 마찬가지였고.

야속하게도 선바위를 철거하는 날은 마냥 청명하기만 했다.

차라리 적당히 날도 흐리고 구름이라도 차일을 쳐 주었더라면

좋았으련만.

'제기랄.'

병지방 1리와 2리 주민들이 거의 다 몰려들었다.

군청 재난 안전과 직원들, 공사를 담당할 건설회사 임직원들도 길가 공터에 마련된 고사상告祀床 모롱가지에서 진설陳設을 거들었다.

돼지머리를 중심으로 그리 많은 양은 아니었지만 고사상은 정갈하게 준비돼 있었다. 그리 보여서 그런지 고사상에 오른 돼지 표정이 자못 근엄하기만 하다.

아니 수심이 가득하다는 표현이 더 어울릴 듯.

먼저 아랫마을 '먹해'에 살고 있는 경장이 박 노인이 경을 읊어나갔다.

팔십이 넘은 노인이었지만 그는 꼬장꼬장하기만 했다. 하지만 그의 경 읊는 소리는 겨울바람에 떠는 문풍지처럼 많이 흔들리고 있었다.

박 노인은 가볍게 징을 두드리며 초경인 '정심경'을 필두로 부정을 씻어내는 '부정경'을 나지막한 목소리로 읊어나갔다.

사바세계 남섬부주 해동은 동양 대한민국

강원도 횡성군 병지방 사는 박가, 감히 천지신명님께 고합니다

당재 산머리 선바위 아래 찾아들어 일심봉청 하여 산신님께 고합니다

랑송신물 경만교담 접어 무재 단숙 염염 무위라도

각위천존 각위칠성 각위제석 각위불사 각위산신 각위용왕

각위신장 각위장군 각위도사 각위대감 각위선녀 각위동자

일체 신령님들은 원사 강림을 하옵소서

이 천년 동거동락하던 선바위, 지역주민 안위 위해 오늘 감히 철거를 하렵니다

천지신명님 산신님 부디 노엽 푸시고

세세손손 마을 주민 안전과 만복 지켜 주십사 지극정성으로 발원을 하옵니다

이어서 마을회관 아래 위치한 병지방 마을 유일의 교회, 젊은 목사가 기도를 했다. 그 역시 하나님께서 오늘 철거하는 선바위에 대한 아쉬움과 마을 사람들 안녕을 위해.

두 마을 노인회장이 먼저 잔을 올리고, 이어서 마을 이장, 군청 직원, 건설사 대표가 잔을 올리고 고사상 돼지 입에다 지폐를 꽂았다.

그렇게 그 자리에 참석한 마을 사람들은 너나없이 고사상에 나가 잔을 올리고 절을 했다. 하나같이 굳게 다문 입과 얼굴에서는 안타까움과 처연함이 묻어나고 있었다.

폭포수처럼 가을 햇살은 무심히 쏟아져 내리고.

'부릉~ 부르릉…'

육중한 엔진 소리를 길가에 뿌려대며 '공팔 8W' 굴삭기가 비탈

진 산을 올랐다.

멀리서 보면 흡사 총각이 각시를 업고 있는 듯이 보이는 '총각
각시바위' 오늘따라 그 두 바위는 더더욱 가까이 붙어있는 듯 애
처롭게 보였다.

이윽고 굴삭기 삽날이 번쩍 들려 올려지고 앞쪽 총각 바위를 힘
껏 밀어냈다. 총각 바위는 힘 한번 못 써 보고 맥없이 산 아래로
굴러떨어지고. 이어서 각시바위도 굴삭기 삽날 아래 맥없이 나가
떨어졌다.

참으로 허망했다.

눈이 오나 비가 오나 바람 부나 무려 2천 년 동안 끄떡없이 자
리를 지키고 서 있던 바위였건만 굴삭기 삽날 아래서는 어쩔 수
없었다.

산 아래에서 숨죽이며 바라보던 마을 사람들은 선바위가 맥없
이 나가떨어지는 걸 차마 바라볼 수 없어 누가 시키지도 않았건
만 모두 들 두 눈을 질끈 감았다.

'제기랄 거.'

누가 먼저랄 거 없이 마을 사람들은 고사상 옆에 있던 막걸릿
잔을 집어 들었다.

'벌컥~ 벌컥.'

"2리 이장님, 마음이 많이 짠하시죠?"

난 넋 놓고 굴러떨어진 선바위만을 바라보고 있는 병지방 2리

이장에게 막걸리 잔을 건넸다

"예총 회장님도 그동안 애 많이 쓰셨어요. 1리 2리 오가며 마을 사람들 이야기 들어 주시느라."

"군 당국이나 1리 사람들 설득에 어쩔 수 없이 철거를 합의를 해 주기는 했지만 막상 저렇게 바위가 사라지고 나니 만감이 교차하네요.

아주 어릴 적 저 위 명신국민학교 다닐 때부터 선바위 바라보며 요 앞 구융소에서 멱도 감고 참 좋은 시절 보냈었거든요. 그뿐인가요.

늦은 봄이면 선바위 골타데이에 갈 꺾으러 올라가 갈 짐 받쳐놓고 선바위 아래서 꼭 다리쉼을 하곤 했죠. 으등그런 겨울에는 짧은 해 아쉬워하며 낭구 한 짐 해지고는 저 바위 아래서 땀 들이곤 했었구요."

"그러시겠네요, 이장님. 어디 이장님뿐인가요. 아랫말 웃말 사람들 모두 다 삶의 추억들이 고스란히 배어있는 그런 장소였을 테죠."

"네, 회장님. 웃말 1리 사람들은 횡성 장에 가려면 꼭 여기를 지나가야 했고, 아랫말 2리 사람들은 국민학교 가려면 항상 여기를 지나가야 했으니까요.

거기다 여기 구융소 옆 마당바위는 웃말 아랫말 천렵 터였죠. 얼라들은 낮에 멱을 감고 으른들은 저녁 어스름이면 이곳 구융소에서 멱을 감으며 하루 농사일 피로를 풀곤 했었구요.

떠꺼머리 총각, 동네 말 만한 처녀들한테는 최상의 연애터였었죠, 이곳이. 저 위 선바위 바위에 대고 지가 좋아하는 동네 처녀 이름 세 번 복창하면 틀림없이 그 사랑 이뤄진다 해서 저녁이면 동네 사랑앓이 총각들로 바위 아래가 버버했었죠. ㅎㅎ."

지난해 가을 뜬금없이 군청에서 선바위 아래 모롱가지에 석축을 쌓고 붕괴 위험이 있는 선바위를 철거한다는 소식을 듣고 1리 사람들과 2리 사람들 의견은 극명하게 나뉘었다.

선바위는 행정상으로 아랫마을 2리 구역.

소유권이 있는 2리 주민들은 2천 년 동안 마을 사람들과 함께 살아온 선바위 철거를 절대 안 된다고 했다. 반면에 이 길을 매일 지나다니는 1리 주민들은 언제 선바위가 무너져 불상사 날지 모른다고 하니 아쉽지만 차제에 주민 안전을 위해 바위를 철거하자고 하고.

심지어는 2리 사람들, 이 길 별로 다니지 않으니 그런 소리를 한다고까지 했다. 마을 위에 사는 1리 주민들은.

나 원 참.

우애 좋고 도탑기만 했던 두 마을 사람들이 선바위 때문에 그렇게 극명하게 갈라지고 말았다.

실은 1리나 2리 사람들 선바위 전설에 대해 얼마 전까지만 해도 잘 알지 못했었다. 그냥 예전부터 총각이 각시를 업고 있는 형상이라고만 옛날 어른들께 전해 들었지 정작 그 바위에 어떤 이야기가 있는지는 몰랐었다.

그런데 지난해 가을 횡성 예총에서 횡성 최초로 연극을 만들어 문화예술 회관 무대에 올렸었는데 바로 선바위 이야기가 연극의 모티브였다.

연극을 보고 온 마을 사람들이 비로소 선바위 전설을 알게 됐고, 그 이야기는 마을 사람들에게 입에서 입으로 전해지며 병지방 사람들 마음자리에 뚜렷이 자리매김됐다.

애틋한 총각과 각시 사랑 이야기에 촉촉이 젖어 들면서.

선바위 소유권이 있는 2리 사람들은 그런 전설이 깃든 문화유산을 철거한다는 건 말이 안 된다고 결사반대했다. 딱한 노릇이 아닐 수 없었다.

공사를 해야 하는 군청이나 붕괴 위험이 있는 길을 다녀야 하는 1리 사람들은.

이천 년 전.

그때도 이곳 병지방 골타데이에는 봄이면 선홍빛 참꽃(진달래꽃)이 흐드러지게 피곤했다.

참꽃(진달래꽃)이 질 즈음, 외딴 산지당골에 한 사내아이가 태어났다. 두 부부 결혼하고 십 년 만에 얻은 그야말로 축복 같은 아이였다. 태기산 아래 봉복사에 가 백일기도를 드리고 나서 얻은 귀한 아들. 부부는 세상을 다 얻은 거 같았다.

그 아이는 첫울음부터 달랐다.

울음소리 어찌나 컸던지 제법 떨어진 아랫마을까지 아기 울음소리가 들렸다고 하니.

그런데 아기 울음소리 들리던 날.

온 마을 사람들이 다 들릴 정도의 말 울음소리도 함께 들려왔다. 마을 사람들은 필시 용마 울음소리일 거라 했다. 그러면서 고개를 갸웃거렸고.

용마 울음소리는 장수가 났다는 이야기고 아기 장수는 나중에 왕이 아니면 역적이 된다고 했기에. 왕이 멀쩡히 있으니 왕 되기는 틀렸고 그럼 답은 하나. 그렇게 되면 마을은 역적 마을이 되어 씨몰살을 당하는 건 받아 놓은 밥상.

울음소리뿐만이 아니었다.

삼칠일이 안 되었는데도 아기가 돌덩어리처럼 어찌나 무거운지 안을 수가 없었다. 그래서 '바우'라 이름 지었다. 아기 장수 이름을.

어느 날, 부부가 농사일을 마치고 돌아와 방문을 여니 아기가 안 보였다.

"깔깔깔…."

아기는 천장에 붙어 그렇게 웃고 있었다.

'이런 변고가!'

그뿐만이 아니었다.

뒤집기를 하는 아이를 씻기며 보니 글쎄 양쪽 겨드랑이에 날개 같은 게 도틀도틀 돋아 있었다. 더 이상 의심의 여지가 없었다.

깜깜 오밤중.

아이 어머니는 인두를 벌겋게 달궈 고이 잠든 아기 겨드랑이 날개를 지졌다.

'찌지직.'

살 타는 냄새, 그리고 아기 울음소리.

어디선가 아기가 태어날 때 들었던 용마 울부짖는 소리가 들려왔다.

흉흉한 소문이 마을을 돌고 돌았다.

발 없는 소문은 관가에까지.

백 일이 채 못 된 어느 날 밤. 아이 아버지는 팥 서말을 자루에 담았다. 마침 아이 어머니는 아랫마을에 마실을 간 터였다.

곤히 잠든 아이 배 위에 천근처럼 무거운 팥 자루를 올려놨다.

눈물이 앞을 가렸다.

어떻게 얻은 아들인데.

그리고는 아이 아버지는 관가로 달려갔다.

아기 장수 배 위에 팥 자루를 올려놓았다는 고변을 하러.

그러나 아기가 살 팔자였나 보다.

마실 가려던 엄마가 집을 나서서 길 모롱가지를 도는 순간 용마 울음소리가 길을 막아섰다. 그래서 마실 걸음을 돌려 한걸음에 집으로 향했고 팥 자루에 눌린 아기는 거의 숨이 넘어가기 직전이었다.

엄마는 그길로 아기를 들쳐 업고 화전민들이 사는 깊은 산골로 들어섰다. 관군을 앞세워 자기 집에 도착한 아버지는 아기가 없어진 것에 아연실색했고. 거짓 고변에 속은 관군은 그 자리에서 아버지를 죽였다.

엄마는 홀몸으로 화전 밭을 일구며 아기를 키웠다.

워낙 힘이 장사인 아들은 어머니를 도와 열심히 농사일을 했다.

아기 장수 바람은 단 하나, 부지런히 농사지어 내 땅 사고 어머니께 효도하는 것.

그 마을 양지말에 바우 또래의 나래 라는 어여쁜 여식 아이가 살고 있었다.

이름처럼 그야말로 꽃같이 아름다운 아가씨.

천생연분이었나 보다.

둘 이는 같이 크면서 어느새 장래 신랑감 각시감으로 서로 점을 찍었다.

누가 먼저랄 것도 없이.

하지만 나래네는 마을 최고의 부호였고, 바우네는 내 땅 한 평 없는 가난한 집. 당연히 나래 부모는 바우와 만나는걸 꺼려했고, 관가에 버슬을 하는 집 아들 가래에게 은근히 마음을 뒀다.

언제부턴가 바우 친구인 가래도 이쁜 나래에게 마음을 빼앗기고 졸졸 나래 뒤를 따라 다녔다. 나래는 저녁이면 부모 눈을 피해 몰래 사립문을 나서서 구융소에서 바우를 기다렸다.

날이면 날마다.

그렇게 그들의 사랑은 꽃을 피워갔다.

그럴수록 짝사랑에 가슴앓이하던 가래는 왼 새끼를 꼬며 이글이글 질투심에 불탔고.

멀리 삼랑진에서 신라 박혁거세에게 대패한 진한의 태기왕이 패잔병과 백성을 이끌고 횡성에 나타났다. 날벼락처럼.

왕은 태기산에 성을 쌓고 군인들을 훈련 시키며 재기의 꿈을 키웠다. 그런 소식을 들은 박혁거세가 태기왕을 쫓아 이곳까지 쳐들어온다는 흉흉한 소문이 돌았다. 다급해진 태기왕은 마을의 젊은 이들을 군인으로 징발했다.

바우도 예외가 아니었다.

관가에 근무하는 아버지 덕에 가래 녀석은 징집에서 쏙 빠졌고.

그때도 빽은 통했었다.

군인으로 떠나기 전날.

바우는 구융소 개울가 마당바위에서 사랑하는 나래에게 하얀 조약돌을 쥐어 주며 반드시 살아 돌아와 나래와 혼인해 어머니 모시고 알콩달콩 살겠노라는 굳은 언약을 남겼다.

태기왕 밑에서 바우는 열심히 훈련을 받았다.

오직 이 전쟁이 끝나면 사랑하는 어머니와 나래 곁으로 돌아간 다는 일념 하나 마음자리에 굳게 새기면서.

어느 날, 뜬금없이 '히이힝' 소리를 내지르며 용마 한 마리가 군 영에 나타나 난리를 쳤다. 한다 하는 장수들이 나서서 용마를 제 압하려 했지만 어림 반 푼어치도 없었다.

순식간에 태기왕 진영은 아수라장이 됐다.

급기야 태기왕이 소리쳤다.

'저 용마를 잡아 제압하는 자를 상장군으로 삼겠노라고.'

마침내 졸병이었던 바우가 나섰다. 바우가 날쌔게 달려들어 말 갈기를 잡아채자 용마는 언제 그랬냐는 듯 바우 앞에서 순한 양 이 되었다.

바우는 용마 등에 올라 타 보란 듯이 연병장을 멋지게 돌았다.

바라보던 군사들은 일제히 환호성을 질렀고.

태기왕은 약속대로 바우를 상장군으로 앉혔다.

바우 장군은 용마에 올라타 전쟁터로 뛰어들어 그야말로 연 전연승.

아무리 적군의 화살이나 창날이 날아와도 바우는 끄떡없었다.

그야말로 불사신이 따로 없었다.

그렇게 사랑하는 바우를 전쟁터로 떠난 보낸 나래는 날마다 정 한수를 떠 놓고 천지신명께 바우를 위해 빌고 또 빌었다.

천지신명께 비나이다

우리 바우 내 낭군 무사귀환 천지신명께 비나이다.

동방청제장군 내조아 남방적제장군 내조아

서방백제장군 내조아 북방흑제장군 내조아

중앙황제장군 내조아

일체 신령님들 남도당 여도당 남부근 여부근

산신군웅 살륭군웅 백마군웅 도당군웅 부근군웅

도당신장 부근신장 오방신장 도당대감 부근대감

부근용왕 부근선왕 안토지신 후토신령 산신권속일체 제위 신령님네들

세세 찰지를 하옵소사.

한웅 천황님이 태백 신단수, 아래로 강림하실 적에

사천왕문 열으시고 사선왕문 열으시어 나라로는 국사선왕 마련하고

도에는 도선왕 마련하고 면면촌촌 골골에 골맥이 선왕 마련하여

인간구제 하시던 선왕님

세세 찰지를 하옵소사.

그러던 어느 날, 연적이랄 수 있는 고향 마을 친구 가래 녀석이 바우 어머니가 싸 준 옷 한 벌을 들고 바우 장군을 찾아왔다.

진달래 술 한 병까지 들고.

미우나 고우나 고향 친구인 둘은 밤늦도록 술을 마시며 얘기를 나눴고, 술김에 바우는 불사신의 비결이 자기 옆구리에 난 날개란 비밀을 털어놓고 말았다.

날개 돋은 옆구리만 빼곤 화살이고 창날이고 몸 어디를 찔려도 괜찮다는 극비極祕를.

'이런…'

교활한 가래는 그 길로 박혁거세를 찾아가 이 모든 사실을 까발렸다. 금 열냥과 맞바꾸며. 거기다 바우를 무너트리는 데에는 전설로 내려오는 아기 장수 이야기까지 얹어서.

아기 장수인 바우가 필시 왕을 무너트린다는 그런 이간질까지.

박혁거세는 급히 태기왕 진영에 이간책을 퍼트렸다.

바우가 항차 역적이 되어 태기왕을 없애버릴 것이라는 괴소문을. 괴소문은 꼬리에 꼬리를 물고 눈덩이처럼 부풀려져 태기왕 군영에 휘돌아 다녔다.

'용마를 얻은 장수가 왕이 된다.

용마를 얻은 장수는 결국엔 역적이 되어 왕을 없애 버릴 거라는 그 전설.'

마침내 최후의 전쟁이 다가왔다.

범이 마지막 급소를 노리듯 신라군을 끝장낼 마지막 단 한 번의 전투.

"바우 장군."

"예."

"이제 마지막 싸움만 남았다. 결사 항전으로 이제 전쟁을 끝내주게."

"분부 받들어 모시겠습니다."

"단! 바우 장군, 이번에는 용마와 함께할 수 없다."

"폐하 용마와 저는 한 몸처럼 싸웠습니다. 어찌 용마 없이 싸우라 하십니까."

"내 장군의 의중을 모르는 바 아니나 불길한 소문이 산중으로 가득해 어쩔 수 없다.

그대는 불사신이다.

세상 그 어느 것도 장군의 몸을 뚫을 수 없을 거야. 이미 바우 장군으로 인해 기세가 꺾인 신라군이니 용마 없이도 가능할 걸세."

'아! 태기왕이 나를 의심하는구나. 어쩔 수 없네, ㅜ.'

바우 장군은 용마를 나무에 매어놓고 마지막이 될지도 모를 싸움터로 향했다.

"용맹한 태기 군사들이여 나를 따르라!

나는 한 번도 진 적이 없다.

이 전투를 끝으로 우리는 반드시 승리해 전쟁을 끝내고 사랑하는 가족들이 기다리는 고향으로 돌아가자. 죽기를 각오하고 싸우면 반드시 승리할 것이다."

"열 명이 죽어도, 천명이 죽어도 바우 장군만 공격하라.

저자의 겨드랑이 인두로 지진 화상 자리만 집중적으로 공격하라."

무수한 적을 베고 또 베어도 신라군은 집요하게 바우 장군에게만 달려들었다.

'저자들이 내 옆구리 약점을 어찌 알았을까?'

인해전술에는 바우 장군도 어쩔 수가 없었다.

신라군은 개미 떼처럼 달려들어 집중적으로 바우 장군의 겨드랑이만을 찔러왔다.

불사신 바우 장군도 더 이상은 도리가 없었다.

무수히 찔린 겨드랑이에서는 분수처럼 피가 흘렀다.

마침내 바우 장군이 쓰러졌다.

때맞추어 나무에 매어놓았던 용마도 고삐를 끊고 처절한 울음을 터트리며 태기산 깊은 골짜기로 사라져 버렸다.

그렇게 태기왕의 회한의 역사는 마침표를 찍고 말았다.

바우의 소식을 들은 나래는 혼비백산해 바우의 흔적을 찾으러 나섰지만, 전쟁터 어디에도 바우의 흔적은 없었다.

반쯤은 넋이 나간 나래는 집으로 돌아와 바우와 마지막 헤어지던 날 입었던 옥색 치마와 연분홍 저고리로 갈아입고 구용소로 향했다.

나래는 바우가 언약으로 주고 간 하얀 조약돌을 꼬옥 움켜쥐고 끝간 데 모를 구융소에 몸을 던졌다.

먼저 간 바우를 따라.

하늘나라에서 못다 나눈 사랑을 이루기 위해.

그때 구융소에서는 나래의 넋이 환생한 애틋한 꽃 한 송이가 피어 올랐다. 그렇게 나래는 한 송이 꽃이 되었다.

어느 날, 바우와 나래가 떠난 당재 모설카리에는 갑자기 바위 두 개가 솟아올랐다. 멀리서 보면 마치 바우가 나래를 업은 모양처럼 보이는 선바위 두 개가.

그때부터 사람들은 그 두 바위를 총각 바위 각시 바위라 불렀다.

마을을 내려다보며 서 있다고 해 선바위라 부르기도 했고.

당재 모설카리 선바위 철거 소식으로 병지방 마을은 두 갈래로 나뉘었다.

마치 대운동 날 청군 백군 갈려지듯.

선바위 아랫마을은 철거 결사반대를 외치고, 윗마을에서는 마을 안전을 위해 선바위를 철거하고 그 아래 튼실한 석축을 구축해야 한다고 하고.

가장 몸이 단 건 군청 담당자와 그 일을 맡은 건설사였다.

겨울 어느 날 군청 담당자가 내게 전화를 했다.

'갑천면지面誌'에다 맨 처음 선바위 전설을 쓴 것도 나였고, 또

작년 선바위 전설을 연극 무대에 올린 것도 나였기에 어떻게든 해결 방안을 모색하는데 뭔가 역할을 좀 해 주셨으면 좋겠다면서.

솔직히 나로서도 쉽게 답이 나오질 않았다.

2천 년이나 된 소중한 문화유산을 철거한다는 것도 그렇고 또 워낙 바위가 위치한 곳이 경사진 곳이라 만약 바위가 붕괴라도 되는 날이면 아주 위험할 거 같으니.

우선 현장을 가 보고 마을 주민들 의견을 들어보기로 했다.

군청 담당자 말대로 선바위는 길가 가파른 곳에 위태로이 서 있었다. 거기다 오랜 세월 서 있었던 바위는 조금만 충격이 가해져도 쉽게 무너질 것만 같았다. 먼저 마을 노인회장님과 연세 드신 분들 그리고 이장님을 만나 그분들의 의견을 먼저 들어봤다.

역시 매일 선바위 아래 도로를 지나는 1리 주민들은 아쉽지만 석축 공사를 하는 이참에 선바위를 철거해 걱정 없이 통행했으면 좋겠다고 했고,

별로 이 도로를 이용하지 않는 2리 주민들은 2천 년 동안 마을과 동거동락 한 선바위 철거는 절대 안 된다며 완강하게 반대를 했다. 당장은 방법이 없는 듯했다.

군에서는 몇 번 마을 사람들을 모아 놓고 전문가들이 진단한 안전검사 결과를 가지고 선바위 철거 당위를 이야기하며 공청회를 열었지만 두 마을 간극은 쉽게 좁혀지지 않았다.

군 담당자에게 그러지 말고 두 마을 사람들을 한데 모아 놓고 의견들을 모아 보라 조언을 했다.

한 번이 안 되면 두 번 세 번.

그렇게 봄이 가고 여름이 갔다. 공사는 시작도 못 하고.

한 번 두 번 세 번.

두 마을 사람들에게 무엇보다 안전이 중요하지 않느냐며, 특히 우리나라도 더 이상 지진 안전국가 아니라는 말까지 덧붙여가며 진심을 다해 설득에 설득을 이어갔다.

지성이면 감천이라고 지진 이야기까지 나오자 2리 마을 사람들도 마음이 움직이기 시작했다. 문화유산도 소중하지만 당장 살아 있는 마을 사람들 안전이 더 소중하다는 인식을.

그리고 가을이 시작되자마자 마을 사람들 모두 모여 산신님께 지극정성으로 고사를 드리고 선바위를 철거하고 본격적으로 비좁은 굽은 도로를 확장하고 튼튼하게 콘크리트 석축을 쌓았다.

선바위가 역사 속으로 사라지던 날.

철거를 반대했던 아랫마을 사람들도 또 매일 이 길을 오고 가는 윗마을 사람들도 맥없이 무너져 내리는 선바위를 바라보며 모두 다 가슴 한켠이 같이 무너져 내렸다.

그날 고사상을 물리고 마을 사람들은 너나없이 사라져 버린 선바위를 위해 막걸리를 마시고 또 마셨다.

나도 그들과 함께 제법 많이 마셨다.

꼭지가 돌도록.

군에서는 선바위가 사라진 곳에 벽을 만들고는 '선바위'라는 커다란 글씨를 새겨 후세에 이 자리에 선바위가 있었다는 걸 알리도록 하겠다고 마을 사람들에게 약속을 했다.

"정 회장님, 부탁이 있어요.

이곳에 선바위가 있었다는 표지판을 세워놓을까 해요. 비록 바위는 사라졌지만 그 바위에 깃든 애틋한 사랑 이야기는 꼭 남겨두고 싶어요.

수고스럽지만 총각과 각시의 사랑 이야기 한 편 멋지게 써 주세요."

"알았어요. 꼭 그렇게 할게요."

허정허정 당재를 걸어 내려오는 내 귓전으로 '히히힝' 용마의 처절한 울음소리가 들려오는 듯해 난 연실 선바위가 사라진 텅 빈 산을 휘둘러 봤다.

수하리水下里 사람들
_ omnibus 소설

이제 차디찬 물속에 잠들어 있던 타임캡슐(time capsule)을 건져
올려 수몰민들의 삶을 소환하려 한다.

그리고 소설이라는 프레임에 넣으려 한다.

단 한 번도 그 누구로부터 주목받지 못했던 삶 살다간 253세대,
천여 명 수몰민들의 눈물겨운 삶의 기록들을.
그네들의 서사敍事를…

도대체 아주 먼 옛날, 이 땅에 터 잡고 살던 조상님들은 이곳이
물속에 잠기게 될 것을 어떻게 알았을까?

'수하리水下里.'

글자 그대로 풀이하면
'물 아래 마을'

우리 조상님들의 그 놀라운 선견지명先見之明에 무릎을 친다.

아주 오래전부터 사람들은 횡성댐으로 물속에 잠긴 '수몰지水沒地'
중금리,부동리,화전리,구방리,포동리 다섯 개 마을을
물水 아래下字를 써 수하리水下里라고 불렀다.
그 윗동네,매일리부터는 水上이라 불렀고.
신기하게도 수상水上이라 불리던 마을들은 횡성댐 위 물 위에 있다.

물이라고는 태기산에서 흘러내리는 그리 크지 않은 냇물 하나뿐.

그 어디에도 물 하고는 관계있는 게 하나도 없는 터수인데, 그 멀쩡한 산골짜기가 물속에 잠길 거라고 몇백 년 전에 미리 알고 마을 이름 그리 지었으니 그저 정말 놀라울 수밖에.

그뿐만이 아니다.

우리 연일 정가鄭家집성촌이 살던 '마무리'라는 동네는 또 어떻고.

마을 이름처럼 횡성댐 맨 끄트머리, 물은 정확히 그 마을에서 마무리됐다. 또 중금리에서 부동리로 넘어가는 곳에는 '턱 고개'가 있는데, 횡성호 물이 턱 고개 밑에까지 차올랐다.

세상에나!

우연의 일치라고 하기엔 조상님들의 선견지명인지 예지력인지 그저 놀라울 수밖에. 불가사의不可思議란 말 밖에는 달리 할 말이 없다.

그런 도탑기만 했던 수하리 마을에 어느 봄날 점령군처럼 들이닥친 횡성댐이란 괴물에 뜬금없이, 아니 난데없이 어머니 품속 같은 고향 마을을 그 차디찬 물속에 빼앗기고 253세대 수몰민들은 그렇게 뿔뿔이 고향을 떠났다.

부초처럼.

횡성호에서 내몰림 당한 수몰민水沒民들.

그네들은 단 한 번도 주목받는 삶, 살지 못했었다.

이름하여 '마이너리그 생生.'

그저 이름 없이 수하리水下里 골타데이(골짜기)에서 땅 파먹으면서 묵묵히 지난스런 삶을 살아왔었다.

아니 살아냈었다.

그리고 20여 년이 흘렀다.

그네들 고향 떠난 지.

차디찬 물속에 고향 마을이 수몰되기 전, 난 논두렁, 밭두렁을 핀답하며 표지석에 이름 석 자 새겨 넣듯, 그네들의 삶의 편린들을 '화성의 옛터('횡성댐 수몰 지역 지리지': 수자원공사와 횡성군에서 수몰민들 위로 차원에서 만든 책)'라는 그릇 안에 한 명 한 명 호명呼名하듯 그렇게 수몰민들의 삶의 이야기들을 새겨 넣었다.

(후일담이지만 그렇게 고향 떠난 수몰민들, 족보 이상으로 그 책을 소중히 여기고 고향 생각이 나면 책을 열어본다고 한다.)

이제 차디찬 물속에 잠들어 있던 타임캡슐(time capsule)을 건져 올려 수몰민들의 삶을 소환하려 한다.

그리고 소설이라는 프레임에 넣어보려고 한다.

단 한 번도 그 누구로부터 주목받지 못했던 삶 살다간 253세대 천여 명 수몰민들의 눈물겨운 삶의 기록들을.

그네들의 서사敍事를…

1

또다시 봄

　지금 그녀는 혼자다.

　중금리 '숲밖'마을 방앗간 뒷집에서 짖지 않는 발발이 한 마리만이 텅 빈 외양간 앞에서 가수면 상태로 홀로 집을 지킨다.
　싸리낭구 울타리 안 앵두나무, 자두나무 그늘들은 이파리 비비적거리며 서걱이고, 오가는 사람 하나 보이지 않는 행길 무심히 바라보다 그녀는 문득 무서움 중에 벌컥벌컥 마당 가 두레우물에 지하수 한 바가지 퍼 마셔본다.
　아주 어릴 적 그녀의 할머니도 아버지 노름빚으로 시도 때도 없이 빚 독촉 온 노름꾼들이 삽작문 열고 들이닥칠라치면 냉수부터 한 바가지 퍼마시곤 했었다.
　"할머니, 배고파? 무신 냉수를 그리 많이 마셔?"
　"아가, 이게 아주 신령스러운 거야. 이렇게 가슴이 후당탕 거리다가도 이놈만 한 사발 들이키면 잔잔한 호수처럼 그렇게 평온해진단다. 이게 내겐 그냥 단순한 물이 아니라 약물이야 약물."

"여보시오, 못난 우리 아들놈 집 나가 소식 끊은 지 벌써 삼 년도 더 넘었소. 그리고 아들놈 노름판에서 진 빚 난 본 적도 없구요."

"우리 집 다 뒤져보쇼.

그리고 돈 될 만한 건 벌써 다 가져가지 않았소. 이제 남은 건 저 어린 손녀 하나랑 늙은 나 혼자뿐이라오."

"에구, 자식이 아니라 웬수야, 웬수!"

그렇게 빚 받으러 온 사람들이 삽작문을 열고 동구 밖으로 나갈 때까지 할머니는 꺼이꺼이 목을 꺾으셨다.

"무심한 년 같으니라고.

아무리 서방이 빚 때문에 도망질을 쳤다기로 늙은 시어미와 눈에 넣어도 안 아픈 어린 딸년을 두고 야반도주를 놔?"

그러고는 봉당 모설카리에 덩그라니 놓여있던 냉수를 한 바가지 들이키셨다.

고향 집에서 할머니는.

그렇게 아웅다웅 끝내 돌아오지 않는 아들과 며느리 기다리고 기다리다 할머니는 도솔천을 건너셨다. 그런 할머니 모습들이 마당가 두레우물에 환영幻影처럼 얼비쳤다.

한 세기 가까운 세월 저편에서 양지바른 햇빛 쬐며 거기 그렇게 영원히 남아 있을 것 같았던 할머니 모습이.

꽃다운 나이 열아홉.

그녀는 꽃가마 타고 고개 너머 우천 정금리에서 빈굽이 야트막한 고개를 넘고 모재기 다리를 건너 이곳으로 시집을 왔다.

시부모와 시동생이 한집에서 북적대는 대가족 며느리로.

시집와 이제껏 그녀는 한 번도 이 동네 '숲밖'마을을 벗어나 보질 못했다.

그녀는 집안 대소사 열심히 챙겼기에 항상 집안엔 일 년 내내 손님이 끊일 새 없었다. 내 땅이라곤 콩 한 포기 심을 데 없었지만, 그녀는 연로하신 시부모님 모시고 억척스레 살림을 일구었다.

봄가을이면 이 십여 리 길 병지방 산골타데이까지 가 산뽕을 따누에를 치고, 누에고치 판 돈으로 돼지 새끼를 사고, 돼지 판 돈으로 목달개 송아지를 사고 횡성 우시장 나가 소를 팔아 양지바른 굴양골에 처음으로 내 땅을 장만했다.

남편 이름 석 자가 쓰인 땅문서를 앞에 놓고 그녀도 남편도 울었다. 너무나 벅찬 감격에.

그렇게 땅도 마련하고 살림이 피는가 싶을 때 오랜 병고 끝에 남편은 환갑을 겨우 넘기고 그만 돌아오지 못할 길을 황망히 떠나 버렸다.

도솔천 건너는 게 뭐가 그리 급한지.

장성한 자식들은 진즉에 도회지로 떠나고 오래전부터 그녀 혼자 텅 빈 집을 지키고 있다.

그래서 그녀 노후는 더욱더 쓸쓸하다.

이제 그녀는 떠나야 한다.

차가운 물 속에 잠길 정든 '숲밖'마을을.

방앗간 뒤 그녀의 집.

가을이면 텅텅거리는 정겨운 정미소 방앗소리를 들으며 그녀는 그곳에 오래도록 있고 싶다.

2

아홉 살, 새색시가 시집을 간다네

세상에나!

아홉 살, 그 어린 것이 뭘 안다고 시집을 왔을꼬?

그녀는 그렇게 아홉 살 어린 나이에 물설고 산 설은 낯선 땅 중금리, '새말' 사는 열한 살 서방님한테 시집이란 걸 왔다.

민며느리로.

이게 다 조실부모早失父母 탓이었다.

하늘이 내려주신 운명을 어린 것이 어찌할거나.

순전히 그녀는 입 하나 던다는 어르신들 말에 찍소리 못하고 갑천장에서 사다 준 새 치마저고리 입고 보퉁이 하나 머리에 이고, 구방리 황톳길을 타박타박 걸어 중신아비를 따라 시집을 왔다.

말이 시집이지 그는 층층시하 시동생 시누이들과 시할머니 모진 구박과 매질 속에 단 한 번도 배부른 기억 없이 곯은 배 움켜쥐고 그렇게 시집살이를 했다.

봄이면 새말 양지바른 산골타데이에 올라 송진 껍질 벗겨 먹고
귀리밥 씹으며 눈칫밥에 목이 메이면서.

식구들이 갑천장에 나가 사 온 등겨 세 말로 개떡을 해 식구들
배 불리 먹는 동안, 그녀는 봉당마루 기둥 붙들고 속으로 울음만
을 삼켜야 했다.

맘껏 우는 것도 그에게는 호사였다.

그렇게 석 삼 년 뒤 열두 살 되던 해, 그녀는 당신네 집 안마당
에서 머리에 족두리를 얹었다. 민며느리에서 이 집 정식 며느리로
인정을 받는 순간이었다.

어린 나이였지만 머리에 족두리를 얹고 신랑과 마주 보며 대례
를 올리던 날 그녀는 펑펑 눈물을 쏟았다. 이 좋은 날 무신 눈물
이냐며 시할머니께 세찬 핀퉁아리를 들으면서.

그리고 열아홉에 장남을 낳고 연년이 팔 남매를 두었다.

그때는 피임이란 게 아예 없었으니 그저 애가 생기면 낳았고 그
래서 집집마다 일곱 여덟 자식을 두는 게 다반사였다.

둘만 낳아 잘 기르자는 슬로건은 한참 세월이 지나 박정희 정
권 당시 새마을이 운동이 요원의 불길처럼 온 나라를 휩쓸고 간
후부터였다.

가진 땅은 없지 애들은 연년생으로 줄줄이 사탕으로 줄을 잇자
농사만 지어서는 자식 뒷바라지는 어림 반푼어치도 없던 터라 그

녀는 생각다 못해 '웃새말'에서 '아랫새말'로 내려앉은 후 막국수를 눌러 팔기로 했다.

그녀의 음식 솜씨는 타고 났나 보다.

별 재료 없이 부엌에서 막장에 조물조물 나물을 무치고 막장 풀어 시래기국 뚝딱 끓여내기만 해도 사람들은 밥그릇을 깨끗이 비우며 엄지 척을 내밀었다.

겨울이면 수하리 사람들은 집집마다 돌아가면서 메밀가루로 막국수를 눌러 집에 서 담근 막걸리 한 잔을 곁들였다.

그렇게 집집마다 돌아가면서 막국수를 먹다 보니 자연스레 음식에 대한 평가는 당연시되고 그녀 집에서 막국수를 먹고 간 마을 사람들은 하나같이 그녀 음식 솜씨 칭찬에 침이 마를 날이 없었다.

"아니 아줌니는 막국시에 도대체 무얼 넣었는데 이리 맛있대요?"

"어느 집이나 똑같이 메밀가루 반죽해 분틀(막국수 뽑는 기계)에 눌러 동치미 국물에 말아 내 건만 이 집 거는 뭔 일이 대유?

그야말로 막국수가 입안에서 살살 녹으니…"

"그러지 말고 이참에 아예 막국시 눌러 팔아 보세유."

그렇게 해서 구방리 막국수 집이 생겨났다.

입맛은 누구나 똑같은 법.

입소문을 듣고 일부러 막국수를 먹으러 왔던 사람들은 그녀의 막국수를 먹어보고는 다음에는 줄줄이 아는 사람들을 꿰차고 그녀 막국수집 사립문을 들어섰다.

세상에 입소문만큼 빠른 게 어디 있을까.

그 집 막국수에 한 번 중독 된 사람들은 사흘이 멀다 하고 털털 거리는 완행버스를 타고 경운기를 타고 그녀 집으로 몰켜 들었다.

오직 동치미 막국수 한 그릇 먹기 위해서.

이제 그녀 남편도 농사보다는 아내가 반죽을 하면 부엌에서 막 국수 분틀을 누르는 일이 주主가 되었다.

한 해 두 해 세월이 켜켜이 쌓여 가면서 그녀 막국수 집은 초심을 잃지 않고 막국수를 누르고 해마다 장 항아리에 막국수 육수를 쓸 동치미를 담았다.

그러나 일일이 손으로 반죽을 해야 하는 터에 어느새 그녀 열 손가락에는 훈장처럼 관절염이 찾아오고 손가락마다 구부러져 사흘돌이로 읍내 한의원을 오가며 침을 맞고 물리치료를 했지만 더 이상은 막국수 반죽을 할 수 없어 접을 수밖에 없었다.

그래도 막국수 덕분에 더 이상 배곯지 않고 팔 남매를 키우고 공부를 시켰다. 새말에서 막국수 집을 접고 좀 더 버덩인 중금리 로 옮겨 앉았다.

그렇게 '중금리'로 들어 온 지 십여 년.

육십 평생 함께한 동무 같은 바깥분을 잃었다.

뒷산 양지바른 곳에 남편을 묻고 자들박 길을 내려오면서 얼마 나 서럽게 울어댔었는지 모른다.

철모르는 아홉 살 민 며느리로 들어와 남편과 이곳에 발붙이 고 산 지난스럽기만 했던 세월들이 파노라마처럼 그녀 뇌리를 스쳤기에.

산다는 게 참으로 허망하고 허망하기만 하다는 생각을 그날 남편을 묻고 내려와 절실히 느꼈다. 그녀는.

자식들은 모두 살기 위해 도회지로 다 나가고 그녀는 적막 같은 집에 홀로 남아 그 헛헛함을 잊기 위해 텃밭에 철철이 채마를 심어 가꾸고 마당에는 봉숭아 맨드라미 줄봉선화를 심어 고 녀석들 커 가고 꽃 피는 모습 바라보는 재미로 하루하루를 견뎌냈다.

봄이면 텃밭에 고추를 심고, 가을이면 뒷밭에 마늘 한 접 심고, 울타리에는 토종 호박과 조선오이를 심었다.

가끔 고향이라고 들리는 자식들 손에 들려주기 위해.

그러다 지난해 봄.

뜬금없이 고향 마을이 횡성댐 차가운 물 속에 잠긴다는 청천벽력같은 소리를 들었다.

마을 사람들과 생전 처음으로 머리띠 두르고 이웃집 경운기 타고 읍내 군청에 몰려가 횡성댐 결사반대를 외쳐보기도 하고 탄원서에 이름 쓰고 손도장 꾸욱 눌러 보기도 했지만 말짱 도루묵이었다.

고향 마을이 물에 잠기기 전 마지막으로 도회지 나간 자식들 모두 불러 집 앞 봉당에서 기념사진도 찍었다.

이제 올가을이면 정든 고향을 떠나야 한다.

그녀도.

우리 집 물 차올라 이곳 떠나게 되면 이따금 마실가 막걸릿 잔 기울이며 '횡성 어러리' 가락 주고받던 내 할망구 친구들 어찌 할거나.

당최 허망하고 그저 막막하기만 해 그녀는 오늘도 텃밭에서 따온 풋고추 고추장 찍어 막걸리 한 잔 들이킨다.

3

나지오(라디오) 유선방송을 아시나요?

"정 작가님, 혹시 라지오 유선방송 아세요?

옛날 농촌에서 집집마다 벽에 라지오 스피커 달고 방송 들은 거."

"네, 알아요, 어르신.

저 어릴 때 고향 집 사랑방에서 가마니 치면서 즐겨 들었어요."

"제가 한때는 그거 하면서 잘 나갔어요.

우천면에서 그 사업 했었는데 스피커 달고, 돈 낸 집이 250집이나 됐어요."

"그때 스피커 하나 달고 라디오들은 값이 일 년에 옥시기 한 가마니였어요."

그 당시 농사꾼들은 기차표 꺼먹고무신도 못 신을 때 그때 그는 윤기 촬촬 흐르는 백구두를 신고 마을을 오르내리고 갑천 장거리 색시집을 들락거렸다.

그야말로 잘 나가던 건달이었다.

칠순이 지나셨건만 젊은이 못지않게 정정하시다.
그도 횡성댐 맨 끄트머리 포동리 '마무리'마을 외딴집에서 수몰될 날만 기다린다.

인근 학곡리가 그의 태 버린 고향이다.
소싯적에는 조병창에도 근무할 정도로 개화 청년이었다.
해방 후 뭔가 사업을 벌여 보겠다고 시작한 게 바로 라디오 유선방송 사업. 그때만 해도 라디오는 천연기념물처럼 귀했다.
면 전체에 고작 한두 대.
라디오 생산기술이 없었기에 '제니스'라는 미제 라디오만 있었다.
그런 터수니 너나없이 살기 어려웠던 농사꾼들에게 라디오는 언감생심 그림의 떡이었다.
메인 앰프 하나에 긴 줄 집 집마다 늘이고 스피커 달아 오직 한 가지 방송만 들을 수 있는 라디오 유선방송에 문화생활 목마름 해소했다.
그 당시 농촌에서는.

9시 땡 치면 '임택근' 아나운서 특유의 감칠맛 나는 목소리로 뉴스를 진행했고, '장소팔―고춘자' 만담이 웃을 일 별로 없이 살던 농사꾼들 배꼽을 잡았다.

난 '김삿갓 북한 방랑기'가 제일 재미있었다.

8시 반 '강화 도령' 연속극이 나오는 시간이면 마을 사람들은 장칼국시 한 그릇 뚝딱 저녁으로 때우고는 온 식구가 벽에 걸린 스피커에 귀를 기울였다. 행여나 라디오 드라마 대사 한마디라도 놓칠까 봐.

하지만 막대하게 들어가는 선로 설치비 또 수시로 들어가는 선로보수비 그리고 수금미수금으로 그는 사업 시작하고 몇 년을 못 버티고 두 손 두 발 다 들었다.

설치비 선로보수비는 현금박치기로 물어내야 했지만, 농사나 지어 가을에 받아야 하는 청취료 수금은 여의치 않았다. 어쩌면 청취료 미수금은 천상 맘 약한 그의 성격에 기인했다.

'올해 멧돼지가 난리를 쳐 옥시기 농사 망쳤구먼요.'

'할망구가 고관절 부러져 병원 신세 지느라…'

'올해 큰아들 녀석이 고등핵교 들어가는 바람에…'

그러면 그는 두말없이 청취료 치부책에 가위표를 하고는 그 집 문을 나서곤 했다.

누구 말마따나 사업은 아무나 하는 게 아닌가 보다.

이 구멍에서 빼 저 구멍 막고 저 구멍 빼 이 구멍 막고. 그렇게 이리저리 돌려막기를 해 봤지만 결국은 두 손 두 발 다 들고 유선 방송 사업을 접었다. 그리고는 미련일랑 모두 버리고 그야말로 빈 손으로 이곳 '마무리'에 터를 옮겼다.

벌써 40여 년 전 일이다.

그는 그야말로 맨땅에 헤딩하는 모양새로, 맨손으로 농사를
지었다.

5남매 교육을 위해, 허리띠 졸라매고.

하늘도 야속하지.

뭐가 그리 인생 소풍 길 바쁜 게 있다고 큰아들, 둘째, 셋째아들
이 줄줄이 다시는 못 올 길을 그렇게 황망히 떠나 버렸다.

워낙 없이 살던 때라 약 한 첩 변변한 병원 한 번 못 가 보고 그
렇게 아들들을 먼저 떠나보냈기에 그 한이 늘 가슴속에 응어리처
럼 남아 있다.

그는 죄책감에 애꿎은 깡술로 하얗게 밤을 팼고.

하지만 혼술은 결코 대안이 되질 못했다.

헛헛한 그의 가슴앓이에.

눈만 감으면, 알콜 기운이 떨어지기라도 하면, 저릅단 같은 가녀
린 팔을 휘저으며 '아부지 나 좀 살려줘요' 소리를 내지르다 픽하
니 스러져 간 아들 녀석들 환영에 그는 당최 마음 갈피를 잡을 길
이 없었다.

제기랄.

그래서 그는 이웃 사는 친구 권유로 가슴에 박힌 못 어쩌지 못

해 치악산 구룡사를 찾았다.

부처님 만나러.

그리고는 독실한 불자가 됐다.

지금까지.

물론 매일 밥 삼아 마시던 술도 끊고.

"참 신기하죠? 정 작가님.

아니 그 옛날 어르신들, 이곳이 물속에 들어갈 걸 어찌 알고 우리 마을 이름을 '마무리'라고 지었을까요?

아무리 선견지명이라지만 도통 알 수 없네요. 여기가 횡성댐 마무리되는 곳이거든요.

그나저나 걱정이네요. 평생 땅이나 파던 놈이 도회지 나가 뭘 해 먹고 살아야 할지…."

마무리 양지켠 그의 집 봉당은 수몰 얘기 나오고부터 정리 안 돼 어수선하기만 하다.

그의 마음처럼.

그래도 마당 한 켠에는 수몰일랑 알 바 없는 맨드라미, 봉선화, 나팔꽃들이 한여름 햇살 아래 흐드러지게 피어 있다.

저 꽃들도 물차 오르면 그 차가운 물 속에 침잠되고 말 테지.

하늘이 거울처럼 맑은 날이면 물 위에 고운 자태 물그림자로 비쳐주며.

4

천상 소리꾼

그는 천상 소리꾼이었다.

'회다지 소리, 소몰이 소리, 횡성 어러리, 모내기 소리…'
그야말로 그는 못하는 소리가 없었다.

그의 소리는 흥이 날 때는 더욱 신명이 나 듣는 사람 어깨 실루
덩 거리게 했고, 구슬픈 소리에는 듣는 사람 애간장을 '싸' 하니
녹여댔다.

이랴!
이러저 어디여
이랴! 이랴!
이 소야 부지런히 가 보자 이러 저려

저 낭구 뚜거지에 뿔 다치지 말고 슬슬 밀어 나가 보자 이랴

어디 저 안소!

마라소야 우겨서 가자 저 밤나무 가지 다치지 말고 이랴!

어후우우 어디로 돌아서

이랴! 어 우겨서!

이 소야 오르내리지 말구 덤성거리지 말구 당겨 주어 이랴 이랴!

해는 석양이 되는데 점슴참도 늦어간다 어 후!

어디 돌아를 서

이랴 이랴!

왜 이리 덤성거리는냐! 이러

목두 마르고 숨도 차니 담배 한 대 태우구 가자

와 와!

노란 종달이 밭모롱가지에서 윤기 좔좔 흐르는 소리 쏟아내는 봄날.

마라소, 안소 앞세우고 밭 갈며 그가 '겨리소리'

유장하고 구성지게 한 자락 내질러댈라치면 길 가던 길손도, 빨래 가던 아낙들도 걸음 멈추고, 그의 소리에 빠져 들곤했다.

'천상의 소리꾼' 그의 소리에.

그는 중금리 종이공장 근처가 태 버린 고향이다.

거기서 나고 자랐다.

그야말로 똥구멍 찢어지도록 가난했기에 그의 부친은 이웃 진 씨네 집에서 종 같은 머슴 새경으로 식구들 목구멍에 풀칠을 했다.

그런 터수니, 학교는 언감생심.

그 흔한 서당 문턱 밟아보지 못하고 일곱 살, 그 어린 나이에 지 게를 지고 아버지 따라 농사일을 나갔다.

자기 키보다 큰 지게를 지고 굴양골 언덕을 오르다 보면 또래 친구들이 책보를 허리에 차고 재잘거리며 화성국민학교로 등교하 는 모습을 보면 어린 나이에도 가슴이 미어져 아버지 몰래 눈물을 훔치곤 했었다.

나이 팔십이 다 된 지금도 배움의 한이 가슴에 화인처럼 남아 학교 근처를 지나게 되면 가슴이 싸해 온다.

그렇게 배움의 한은 평생을 가는가 보다.

갓 스무 살 되던 해.

그는 원주 소초 돌머루 마을에 사는 열아홉 꽃다운 금옥씨를 새색시로 맞아들였다.

그나 처갓집이나 가난하기는 도찐 개찐.

그녀는 횡성장에서 사 입은 치마저고리 한 벌만 달랑 차려입고 는, 꽃가마 타고 시집오다 오재울 고개를 넘었다.

그런데 이게 웬일.

새색시 탄 꽃가마 어쩌나 낡았던지 고개를 넘던 가마가 무너졌으니. 그야말로 시집이고 뭐고 다 집어치우고 식겁을 하고는 그저 도망만 치고 싶었다고 지금도 심심하면 얘기하곤 한다.

새색시 탄 가마가 무너졌으니 얼마나 놀랐겠는가.

새색시 본인은 물론 가마꾼도.

소싯적 그의 아내 금옥씨.

시어머니 구박 얼마나 심했으면 견디다 못해 보따리 싸 가지고, 한치고개 넘다 길 잃고, 밤새 고개마루턱만 돌다 보니 날 훤히 새, 고무신 뒤꿈치 살금살금 들고 다시 방문 열고 들어왔었노라고 지금도 키득거린다.

그때 시집살이 얼마나 심했던지 책으로 엮으면 소설책 서너 권은 넘는다고 지금도 금옥씨는 얘기한다.

비록 없이 살았어도 그들 부부는 가근방에서는 소문난 잉꼬부부였다. 들녘 나가 일할 때 나 마실을 가거나 둘은 껌딱지처럼 붙어 다닌다.

마을 사람들은 달근한 부부애에 그저 부러움에 그들 부부만 만나면 남사스러우니 남 보는 데서는 껌딱지 그만두라고 핀퉁이를 먹여대곤 했다.

나이 들어 말년에 찾은 교회.

늦게 배운 도둑이 날 새는 줄 모른다고 농사일 빼고는 그들 부부는 교회에 가 살다시피 했다. 새벽 기도는 물론 수요 예배 금요일 속회 예배 그리고 주일 예배까지. 없는 살림이었지만 십일조도 한 번도 거르지 않았다.

또한 농사지어 햇곡식 나오면 제일 먼저 목사님께 가져다 드렸고.

개척 교회다시피 한 중금교회 지을 때도 두 부부는 마을 신도들과 함께 그야말로 울력으로 교회를 세웠다.

그뿐인가.

오래전 낡은 행랑채 고치다 행랑채 무너지는 바람에 갈비뼈, 다리뼈, 오장 육부 절단이 났었다. 병원 의사들 고개 휘휘 둘렀을 때 그는 원주 가현리에 있는 치유 은사 능력 뛰어난 목회자 기도로 다 나았다고 간증을 하곤 한다.

내 땅이라곤 송곳 하나 꽂을 데 없던 그는 억척으로 농사를 지어 땅 섬지기와 터 대를 마련했다.

그리고 슬하의 2남 5녀도 모두 출가시키고.

장남과 셋째 딸은 미국 시민이 됐다.

아들딸 따라 한 3년 미국 생활도 해 봤지만 정든 땅, 강원도 막장 냄새 따라 고향 다시 찾아들었다.

낼모레가 팔십인데도 그는 오늘도 지게를 지고 들녘 나선다.

그걸 누가 말리겠는가?

해소 기운 있어 숨 가쁘기는 하지만 그는 젊은이 못지않게 농사 일한다.

내 후년이면 금혼을 맞는다.
자식들 금혼식 준비로 벌써부터 바쁘다.
족두리에 사모관대 턱 하니 쓰고 그들 부부 타임머신 타고
'슝~'
소싯적으로 돌아갈 테지.

그때는 고향 집도 고향 마을도 물속에 침잠 될 테지만.

천상 소리꾼인 그의 구성진 '횡성 어러리' 가락은 그곳에 오래도록 남아 천여 명 수몰민들 마음자리 안에서 회자되리라.

어러리 어러리 어러리요
어러리 고개로 나를 넘겨주오

노랑 대가리 얼키설키 뒤범벅 상투
언제나 저 사람 길러서 내 낭군 삼나
노랑 저고리 다홍치마를 받고 싶어 받았나
우리 아버지 말 한마디에 울며불며 받았소
보리 방아 보리 개떡에 인정이 오고

큰아가씨 그 솜씨가 나는 좋아요
진수성찬에 만반진수를 차려놓고서 오시라면 오시나
거미 같은 나 하나 바래고 나 여길 왔소
해달은 오늘 가면 내일이면 오지
한 번간 우리 님은 왜 아니오나
우럭 죽박에 능나 삼팔로 나를 감지 말고
대장부 긴긴 팔로 날 감아주게
오늘 갈른지 내일 갈른지 분수전망 없는데
맨드라미 줄봉숭아는 왜 심어놓았나
모시대 참나물 쓰러진 골로
뒷집에 김 도령 데리고 나물 뜯으러 가세
어스름 달밤에 귀뚜라미 소리는
정드신님 우리 낭군의 소식이드냐
이방아 찧어 놓고서 시집을 가려네
우리 어머니 그 성화에 나는 못살리라
동산에 달 뜨기 전에 남은 일을 다하고
성황당 숲속으로 님 마중 가세
어러리 고개에다 정거장을 짓고 가는
손님 오는 손님 쉬어나 가지

어러리 어러리 어러리요
어러리 고개로 나를 넘겨주오

5

화전민의 후예, 두 번 내몰림 당하다

세상에.

어떻게 두 번씩이나 순전히 타의에 의해 내몰림을 당해야
하다니.

이 무슨 지랄 같은 노릇인지.

팔자려니 생각하다가도 울화통 터지고 억장이 무너진다.

'포동리' 51번지 '저고리골' 마을 한복판에 사는 수몰민인 그는.

머나먼 북한 땅 함경도 단천.

그곳이 그의 태胎 버린 고향이다.

그런데 아버지가 동학운동에 가담하는 바람에 그의 가족들은
일본놈들, 조선 관헌 놈들 눈을 피해 '동가식 서가숙'하며 피신의
나날 보내야만 했다.

늘 죽음의 공포 속에.

모든 사람이 평등한 세상 만들자는 하눌님 뜻 따라 분연히 일어선 것뿐인데.

사람이 곧 하늘이거늘.

마을 한문 서당에 훈장님으로 계시던 분 때문에 그야말로 요원의 불길처럼 마을 전체가 동학사상으로 물들여졌고, '하눌님 아래서는 양반이고 상놈이고 모두 똑같은 사람이다'라는 당시로서는 눈에 번쩍 뜨이는 기상천외한 말 한마디가 마을 사람들을 순식간에 뒤흔들어 놨다.

그네들은 화전밭 농사 끝내기 무섭게 양지말 언덕배기 훈장님네 사랑방으로 몰려들었고, 그곳에서 훈장님의 동학 공부에 밤이 새는 줄 몰랐다.

"전라도 고부에서 시작한 우리 동학교도들의 기세가 하늘에 닿아, 전라도 충청도까지 요원의 불길처럼 그 기세가 불타오르고 있습니다.

하눌님 아래 우리 모두는 다 똑같은 백성입니다.

이제 새 세상이 도래합니다. 그러나 일본 놈들과 우리 관헌들이 우리 동학 교우들 씨를 말리려 독을 쓰고 있습니다.

머잖아 이곳까지 그놈들이 들이닥칠 거 같습니다.

우리 마을 교우들도 죽기를 각오하고 무자비한 왜놈들과 우리를 사람 취급하지 않는 저 못된 관리 놈들을 이번 기회에 아주 박

살을 내야 합니다."

"새로운 하눌님의 세상을 만들기 위해 우리 모두 목숨을 내어 걸고 그놈들과 결사 항전합시다."

훈장님의 준엄한 지시에 따라 그의 아버지를 비롯한 마을 동학 교도들은 집안에 죽창을 숨겨두고 무기가 될만한 농기구를 꺼내 시퍼렇게 날을 갈았다.

그러나 하눌님 운이 다했는지 싸움 한번 제대로 해 보질 못하고 왜놈들과 관군에 손에 훈장님은 붙잡혀 형장의 이슬로 사라졌다.

이를 본 순박한 마을 사람들은 이불 보따리만 지게에 얹어지고서 밤을 낮 삼아 왜군과 관군의 눈을 피해 태백산맥 등성이를 따라 무조건 남으로 남으로 피난을 내려왔다. 그야말로 잡히면 그 결과가 어떤지를 뻔히 알고 있던 터라 그네들은 죽어라 걷고 또 걸었다.

오직 목숨 하나 부지하기 위하여.

그렇게 한 달 남짓 남의 눈을 피해 남으로 내려오다 보따리를 풀어 놓은 곳이 이곳 포동리.

그의 나이 네 살 때였다.

내 땅 한 꼬레이 없이 그들이 먹고 살 수 있는 길은 오직 하나.

산에 불을 질러 화전 농사를 짓는 것뿐이었다.

화전 농사라는 게 집시나 다를 게 없었다.

일정한 거처 없이 산기슭에 얼기설기 움막 짓고, 봄이면 산에 불을 지르고 불탄 자리에 옥시기며 콩을 심어 농사를 지었다. 그렇게 한 두 해 농사짓다 지력 떨어지면 밥솥 하나 짊어지고 또 다른 산으로.

그래도 나만 부지런하기만 하면 화전 농사로 식구들 입에 풀칠하는 덴 별 지장이 없었다. 그도 그럴 것이 화전 농사는 비료를 사길 하나, 농약을 사길 하나 당최 농사에 돈이 들어갈 데가 하나도 없었다.

날 일기만 잘하면 가을에는 화전밭에서 나는 콩이나 옥시기를 갑천 장에 내다 팔아 일 년 쓸 가용 돈은 충분히 됐다.

식구들 배 곯리지 않고 남한테 손 벌리지 않고 살 수 있다는 게 그로서는 최고 행복이라 여기고 봄이면 이산 저산을 옮겨 다니며 나무를 자르고 풀을 깎아 화전불 놓을 준비를 했다.

그런데 70년대 박정희 정권 시절 지랄 같은 '화전정리법'이란 게 만들어지고 무조건 화전 해 먹고 사는 사람들을 산에서 내쫓았다.

물론 등기부 등본에 내 땅 한 평 없는 그였기에 보상이라는 건 한 푼도 없이.

무자비하게 산에서 내몰림 당했다.

빌어먹을.

그리고는 산 아랫마을 사람들이 워낙 심성이 착하고 성실함을 아는 터라 집터를 내어주고 울력으로 초가집 한 칸 우그려주는 덕분에 포동리 저고리골에 새로운 삶의 터를 마련했다.

그는 남의 땅 얻어 부치고 품 팔며 그야말로 억척으로 밤낮없이 일했다.

살아남기 위해서.

버덩에서 뿌리내리기 위해서.

워낙 성실하고 근면하기에 몇 해 안가 세끼 굶지는 않는 처지가 됐다. 거기다 농기구 만드는 솜씨 남달라, 한 이틀 쟁기 들고 '뚝 ~ 딱' 거리면 밭 가는 연장 한 틀 번듯하게 만들어 이웃 사람에게 넘겼다.

그렇게 이제 인생 말년.

이곳에 방점 찍을 수 있겠다 생각하며 도타운 이웃과 재미 붙이고 살 만 하자 날벼락 같은 수몰 소식 전해졌다.

도대체 이런 산골이 물속에 들어가게 될 줄 어느 누가 생각이나 했겠는가. 마을 사람 따라 읍내 나가 머리띠 두르고 데모도 해 보고 탄원서에 손도장 찍어 내 봤지만 말짱 도루묵이었다.

또다시 자신의 의지와는 상관없이 두 번째 내몰림을 당할 처지에 놓였다.

이런 제기랄.

정든 집, 분신과도 같은 내 땅, 그 차디찬 물속에 들어가고 정든 이웃과도 생이별 할 생각하니 그저 억장이 무너질 뿐이다.

그래도 어떡하겠는가.

살아내야지.

이제 그는 눈 뜨고도 코 베어 간다는 그 낯선 도회지 땅에서 살아가야 한다. 아니 살아내야 한다.

설마 그곳에서는 다시 내몰림 당하지 않으리라는 바람.

가슴속에 갈무리해 놓고서.

6

'동구리' 그 황홀한 몸짓

'동구리.'

한다 하는 상쇠들도 '동구리' 묘기 얘기만 나오면 고개 절레절레 흔든다. 그도 그럴 것이 동구리는 최고 경지에 든 상쇠들만이 할 수 있는 고난도 묘기이기에.

두 사람 어깨 위에 올라가 쇠(꽹과리)를 치며 상모를 돌리는 기술이 '동구리'다.

맨땅에서도 상모 돌리며 쇠 치기 쉽지 않은 터수인데 두 사람 어깨 위에 올라가 상모를 돌리며 쇠를 치다니.

'구방리' '재자 고개' 사는 그가 바로 상쇠 중의 상쇠들만이 할 수 있다는 '동구리' 묘기를 멋지게 구사할 줄 아는 진정한 고수高手다.

13살부터 그는 농악을 배웠다고 한다.

그 어린 나이에.

그냥 꽹과리, 징 소리, 북소리만 들려오면 그는 하던 일을 멈추고 한걸음에 농악대를 따라나섰다. 그의 몸속에는 그렇게 어릴 때부터 농악에 대한 DNA가 자리 잡고 있었나 보다. 농악대를 졸졸 따라다니며 어른들을 졸라 꽹과리를 두드려보고 상모를 돌려 봤다.

그 시간이 그는 제일 흥겹고 즐겁기만 했다.

그리고 마침내 31살.

농악대 최고의 고수라는 상쇠가 됐다.

그 유명한 평창농악대에서.

그는 요즘도 오월 강릉단오제가 열리면 옛 동료들과 함께 단오제 마당에 나가 한바탕 신명 나게 논다고 한다.

그는 나이 꽤나 든 요즘도 농사일하다 신명 잡혀 쇠가 치고 싶어지면 호밋자루 밭두렁에 휘까닥 내던지곤, 광에 보관해 놨던 쇠 꺼내 들고 냅다 평창으로

'슙~'

'깽깨개갱 ~깨깨개갱'

신명 나게 쇠 치고 나면 스트레스는 바람처럼 죄다 날아가 버리고 세상 살맛이 났다.

평창에서 서른둘에 이곳 횡성엘 왔다.
수하리 새말에 살던 사촌 권유로.

그는 물설고 낯설은 중금리 느티낭구께에서 20년을 살고, 지금 재자 고개 마을에서 14년째 살고 있다. 그러고 보면 그의 반생을 이곳 수하리에서 산 셈이다.

그야말로 불알 두 쪽만 차고 맨손으로 이곳엘 들어와 남의 병작 소 기르는 걸 시작으로 맨땅에 헤딩하듯 그렇게 억척스레 살아왔다.

그런 터수니 그의 고생, 아닌 말로 얘기책을 써도 서너 권은 족히 썼을 거라고 술 한 잔 들면 되뇌곤 한다.
워낙 부지런하고 성실했기에 병작 소로 시작한 농사는 해가 갈수록 불어 지금은 먹고 살 만큼 됐다.
올해도 그는 130마지기 논농사를 지었다.
그 정도면 이곳에서는 대농大農이다.
거기다 한우도 25마리나 키우고.

수의사 면허만 없다뿐이지 수십 년 노하우로 그야말로 그는 소 박사다. 소 눈빛만 봐도, 걸음걸이만 봐도, 어디가 시원찮은지 금방 안다.

뿐인가.

아무리 투우 소처럼 나대는 불소도 그의 손아귀에 잡혔다 하면 금방 순한 양이 된다.

'떵~ 까라당'
농악대 상쇠답게 소리도 한소리 한다.
아라리, 소몰이 소리, 회다지 소리 그야말로 못하는 소리가 없다.

아지랑이 밭머리에서 아른거리는 봄날.
안 소와 마라 소 앞세워 밭 갈며 구성지고 유장하게 골타데이에 쏟아내는 그의 소몰이 소리는 가히 압권이다.

그러나 그의 소리 골골마다 전설처럼 남아 있는 정든 땅, 구방리를 떠나야 한다.
차오르는 물에 쫓겨서.
제기랄.

이제 어디 가서 그 신명 나는 가락 뽑아 볼까나?

올가을이면 이제 그가 살던 제자 고개 마을은 흔적도 없이 차디찬 물속으로 침잠 될 것이리라.

그는 오늘도 막걸리 한잔 걸치고는 재자 고갯마루에 올라앉아
종종걸음치는 저녁해 바라보며 나지막한 목소리로 아라리 가락을
뽑아 올려본다.

우럭 죽박에 능라 삼팔로 나를 감지 말고
대장부 긴긴 팔로 날 감아주게

오늘 갈런지 내일 갈런지 분수전망 없는데
맨드라미 줄 봉숭아는 왜 심어놓았나

모시대 참나물 쓰러진 골로
뒷집에 김 도령 데리고 나물 뜯으러 가세

동산에 달 뜨기 전에 남은 일 다하고
성황당 숲속으로 님 마중 가세

어러리 어러리 어러리요
어러리 고개로 나를 넘겨주오

7

'38 따라지' 인생

'따라지'

화투판에서 가장 낮은 끗수.

세 끗과 여덟 끗을 합하면 열한 끗이 되는데, 여기서 10단위를
떼면 한 끗이 된다.

이 한 끗을 '따라지'라고 부른다.

그야말로 화투판에서는 제일 별 볼 일 없는 끗수다.

38선을 넘어온 이들을 가리켜 '38 따라지'라고 불렀다.

대개 6·25 전쟁을 전후로 북에서 많은 사람이 남으로 넘어왔는
데, 이들은 가진 것도 또 아는 이도 없는 그런 사람들이 대부분이
었다.

빈털터리.

따라지 인생.

수하리 개울 건너 화전리 윗말에 사는 그도 북한 황해도 재령군에 고향을 두고 온 소위 '38 따라지'다.

그래서 그는 어디에도 가까운 살붙이 하나 없이 외롭고 곤궁하기만 한 삶을 살아왔다.

칠십 평생을.

6·25 전쟁이 신혼의 단꿈을 빼앗아갔다.

그의 나이 열아홉 살 때였다.

그는 사랑하는 꽃 같은 색시, 홀로 집에 남겨두고, 날벼락 맞듯 인민군에 끌려갔다.

유월의 질기통스런 여름 해가 고향 마을 서산머리에 올라앉아 종종걸음을 칠 때.

부모님은 반은 정신이 나가 전쟁터로 끌려가는 아들을 속수무책으로 지켜볼 수밖에 없었고, 고무신조차 제대로 챙겨 신지 못한 각시는 고갯마루까지 쫓아와 잡은 손 채 놓지 못하고 울고불고.

그렇게 인민군에 끌려간 그는 간신히 따발총 쏘는 연습만 하고는 바로 전쟁터로 뛰어들었다.

무수히 사선을 넘나들며 낙동강까지 내려갔다가 인천 상륙작전으로 국군과 연합군에 다시 쫓기는 신세가 됐다.

죽음은 늘 가까운 곳에 있었고.

그러다 철원 백마고지에서 그는 소대장과 열 명의 분대원들과 함께 국군에 자수했다.

인민군 전력 때문에 꼬박 일주일 동안 정신교육을 받고 사단 훈련소에서 교육을 받고 나서야 비로소 국군 군복을 입었다. 그렇게 꼬박 3년을 생과 사의 고비를 넘기고 제대를 했다.

막상 제대를 하고 나자 38 따라지인 그는 전쟁이 끝나고도 갈 곳이 없었다.

젠장.

무작정 걷고 또 걸어서 어쩌다 발길 닿아 간 곳이 서울 청량리.

그는 거기 공사판에서 막일을 하며 근근이 목구멍에 풀칠을 했다. 아는 이도 없고 그렇다고 배운 기술도 없는 터라 그가 할 수 있는 거라곤 주택 공사판을 기웃거리는 일 밖에 달리 도리가 없었다.

그런데 같이 일하던 친구가 벼룩의 간 빼어 먹듯, 그동안 갖은 고생하며 벌어 놓은 돈을 몽땅 들고 야반도주.

이런 '빌어먹을 놈.'

정말 그는 친구의 배신에 치를 떨었지만 달리 도리가 없었다.

수도 없이 배신한 친구를 향해 욕 바가지를 퍼부으며 그가 찾아간 곳은 강원도 홍천.

홍천에서 군 생활할 때 부대 근처에 살던 노부부를 그는 어머니, 아버지 하며 따랐었다.

노부부는 기꺼이 수양부모가 되어 주었고, 빈털터리로 터덜터덜 찾아온 그를 양부모는 친자식처럼 챙겨 주었다.

별 볼 일 없는 따라지 인생인 그에게.

그 양부모가 이곳 화전리로 이사를 왔고 그도 양부모를 따라 물설고 낯설은 땅.

'웃말'에 터를 잡았다.

그때 그의 나이 스물일곱.

가진 거라곤 몸뚱이밖에 없는 터라 그는 머슴살이를 10년이나 했다.

워낙 성실 근면한 터라 둔내마을에 사는 참한 처녀를 색시로 맞아들이고, 웃말 98번지에 둥지를 틀었다.

그야말로 밤을 낮 삼아 죽어라 밤낮없이 일만 했다.

슬하에 있는 1남 3녀를 키워야 했기에.

제2의 고향, '화전리.'

그곳이 횡성댐으로 인해 물속에 잠기게 되자 그는 서둘러 인근 전촌리에 대토를 마련해 다시 둥지를 옮겼다.

그가 오로지 할 일이라곤 농사밖에 없는 터라.

비록 제2의 고향이었지만 평생을 살다시피 한 수하리 그곳이 차
가운 물속에 잠긴다는 게 그는 마냥 안타깝기만 하다.

이제 칠십 평생에 남은 그의 바람은 오직 한가지.

죽기 전 어릴 때 뛰놀던 고향 마을 황해도 재령군 장수면 한번
가 보는 거다.

'사모관대 쓰고 맞았던 꽃 같은 색시는 아직 살아있을까?'

고향 생각에 그는 오늘도 눈시울 붉어진다.

8

나는 '뚝보'다.
중금리 마지막 노인회 총무

그는 지금 모두 다 떠난 텅 빈 중금리 마을 노인회 총무 일을
보고 있다.

중금리 100번지, '대문안골'
양지바른 언덕배기에서 멍멍이 한 마리 벗 삼아 홀로 살고 있다.

한때는 육십여 명 넘던 노인회원들.
뭐 그리 급한지 북망산천으로 황망히 가 버리고, 태 버린 고향,
물 차오르기 전 가야 한다며 그렇게 황망히 떠나고, 이제 기나긴
겨울밤, 막걸릿잔 함께 기울이는 이웃 몇 안 남았다.
그나마 당뇨에, 혈압에 갖은 성인병에 그 좋던 술 못하는 노인
네 태반이라 그는 올겨울엔 천상 온종일 구들장에 누워 엑스레이

를 찍을 수밖에 벨 도리밖에 없다.

그야말로 드나 나나 적막강산이다,

제기랄.

동네 망가지는 건 순식간이라더니, 그놈의 횡성댐이 그렇게나 도탑고 정 넘치던 고향 마을 한순간에 이리 거덜 내 버렸다고, 그는 빈 마을회관 마당 쓸며 장탄식 쏟아놓는다.

횡성읍 송전리서 부모님 따라 열일곱에 이곳 '탑둔지'로 이사를 왔다. 2 천년도 넘었다는 탑 두 개가 고샅 머리에 서 있다. 그래서 탑 유래 때문에 마을 이름이 '탑둔지.'

예전에는 큰 절이 있어 아침저녁 스님들 쌀 씻는 물로 개울물이 온통 뿌옇다고들 한다. 지금은 절은 흔적도 없고 석탑 두 개만이 그때 이야기들을 전설처럼 들려주고 있다.

마을 사람들은 산에서 낭구를 하러 갈 때, 아낙네들 나물 뜯으러 갈 때, 탑 앞 공터에서 다리씸을 하곤 한다.

멋들어진 '횡성 어러리' 타령 한 자락도 뽑아 올리면서.

그뿐인가.

대문안골 서산머리에 달이라도 휘영청 떠오르면 마을 총각 처녀들은 어른들 눈을 피해 탑 앞 공터에서 밤새는 줄 모르고 농익은 사랑에 빠지고.

그는 4남매의 맏이.

그는 찢어지게 가난한 사 남매의 맏이로 험한 세상 갖은 풍파 겪으며 한세상 살아왔다.

어릴 때 지겹기만 했던 보릿고개.

대문안골 뒷산에 올라 그는 송기를 벗겨 그걸로 떡을 해 먹으며 근근덕신 보릿고개를 버텼다.

송기떡을 먹고 아침 잿간(화장실)을 가 볼 일을 보면 똥구멍에서는 피가 줄줄 나왔다.

그래서 가난의 대명사가 '똥구멍이 찢어진다고' 했나 보다.

뼈대 채 굶기도 전 새경으로 쌀 세 가마에 온갖 설움 견뎌내며 머슴살이 몇 년. 쥐뿔도 없는 그에게는 먹여주고 재워주는 머슴살이 외에는 달리 방법이 없었다.

친구들은 까만 모자에 교복을 입고 면 소재지 갑천중학교를 오갈 때, 그는 꼴 지게를 지고 대문안골 산을 오르내렸다.

그리고 공사판 날품팔이 전전하며 몇 년 보내다 스물다섯, 늦은 나이에 군에 입대.

당시만 해도 전쟁이 끝난 터라 군 생활이 엄청 길었다.

그래서 53개월 만기 근무하고 제대. 그나마 전쟁 직후라 사선을 넘나드는 전쟁판에는 서지 않고 무탈이 군 생활은 간신히 면할

그 덕분에 2남 4녀, 자식 농사 나름 잘 지어 지금은 다 제 앞가림한다.

농사꾼 치고 막걸리 안 좋아하는 이 없을 터수였지만 그는 유난히 술을 좋아했다. 자다가도 막걸리 '막'자 소리만 나면 벌떡 일어날 정도로.

허지만 허투르 내 돈 내고 술 사 먹는 일은 단 한 번도 없었다.

너무 그 피 같은 돈, 아까웠기에.

그래서 그런 그를 두고 마을 사람들은 '뚝보'라 부른다.

멋대가리 없다는 뜻일 게다.

허나 그는 개의치 않는다.

그렇게 '자린고비'로 살아왔기에 이렇게 배곯지 않고 밥술 뜰 수 있었기에.

자랑스럽다.

오히려 짠돌이 '뚝보'란 별명.

그는 아직 마땅히 갈 곳 정하지 못했다.

내 눈물과 땀으로 마련한 땅, 물 차오를 때까지 부치고 싶었는데, 이젠 미련 접고 떠날 준비해야 할 거 같다.

허나 저 기름진 내 땅 버려두고 어찌 떠날거나?

발길 떨어지지 않는다.

당최.

그래서 그는 오늘 밤도 묵은김치 한 보시기에 치악산 막걸리 한 병 꺼내놓고 친구를 한다.

적막 같은 빈집에서.

이천 년 동안 묵묵히 마을을 지켜 온 석탑도 도타운 '탑둔지' 마을도 차디찬 물속에 잠긴다는 생각을 하면 그저 목이 메일뿐이다.

9

지나온 세월, 되돌아보니 회한悔恨뿐

지나온 세월
되돌아보니
온통 회한悔恨뿐.

그녀는
습관처럼 하늘을 본다.
스산한 가을 하늘 위 새털구름 한숨처럼 걸려있다.
그냥 울컥해진다.

그녀 고향은 전재 너머 안흥면 대화골.
　황해도 해주 태생 억척스런 아버지 덕분에 큰 고생 없이 유년기를 보냈다. 북한에서 어렵게 38선을 넘어와 그야말로 물설고 낯설은 안흥땅에서.

그녀 아버지는 오직 일밖에 몰랐다.

그런 아버지 덕분에 비록 옥시기 밥이었지만 그리 배곯지 않고 살았다.

어디 그뿐인가.

당시로서는 드물게 중학교 문턱에 발을 들여놓기도.

아침저녁 책보를 메고 장거리 중학교를 오르내리는 그녀를 보고 같은 동네 사는 친구들은 엄청 부러워했다.

허나 날벼락 같은 6·25 전쟁이 더 이상의 배움 허락지 않았다.

전쟁으로 그녀는 거기까지만 배우고 가방끈을 놓았다.

스무 살, 꽃다운 나이

떠밀리다시피 시집이란 걸 왔다.

연지곤지 찍고 트럭 타고 전재 고개 넘어 중금리로.

허나 방랑벽 심한 시아버지 탓에 신접살이는 녹록지 않았다.

시아버지는 집안에 돈 냄새라도 나면 용케 알아차리곤 시도 때도 없이 그 돈을 들고 나가서는 한 파수고 두 파수고 돈이 다 떨어질 때까지 밖으로만 나돌았다.

그런 터수니 무슨 놈의 살림이 펼 수가 있었겠는가.

오죽하면 문 바를 종이 하나 없어 치마로 문 가리고 살아야 했다.

그녀의 신접살이는 그렇게 지난스럽기만 했다.

6·25 전쟁 때 무릎, 복숭아뼈 총상, 평생 빛바랜 훈장처럼 달고 살았던 남편.

그녀 남편은 어렵사리 마을 동구 머리에 정미소를 운영하고, 둔내 우시장 횡성 우시장을 핀답하며 소 장사를 하는 등 나름 살림 불리려 노력했으나, 동생 뒷바라지로 거기까지가 한계였다.

돈이 사람을 쫓아야지 사람이 돈을 쫓아서는 한계가 있는 법이라는 걸 그때 다시 한번 절실히 느꼈다

그래서 그녀 남편은 심신이 힘들 때마다 술을 찾았고, 매일 댓병 소주, 머리맡에 두고 살았다.

그리고 그만이었다.

마흔아홉.

아홉수 못 넘기고 남편 황망히 그녀 곁 떠나갔다.

'어허~ 렁차'

꽃가마에 실려 북망산천으로.

그렇게 황망히 남편이 떠나고, 고만고만한 시동생과 부채만이 그녀 앞으로 남겨졌다.

그녀는 이를 악물고 땅을 지키려 악을 써 봤지만 혼자 몸으로 버틸 수가 없었다.

그녀는 눈물 그렁이며 한치고개 넘었다.

서울로.

다리 제대로 펼 수조차 없는 개봉동 단칸방.

그녀는 공장을 전전하며 이를 악물고 버텼다.

고향이 남겨진 아이들 눈에 밝힐 때는 달 보고 눈물지으며.

그렇게 한세월 보내며 아이들 키워냈다.

아이들 장성하자 그녀는 서울살이 마무리하고 중금리 내려와 다시 흙을 만졌다.

혼잣손으로 닭치고, 사슴 키우며 한 섬지기 논농사 지으면서도 그녀는 힘든 줄 몰랐다.

아픈 곳 하나 없이.

그저 흙 만지며 도타운 이웃과 살갑게 사는 게 마냥 좋기만 해서.

청천벽력 같은 횡성댐 수몰 소식에 억장이 무너진다.

그녀는.

그게 어떻게 마련한 내 땅인데.

허나 어쩌겠는가.

이 가을 가고 나면 고향 마을 차디찬 물속에 들어가고 말 텐데.

고샅길에서 눈 시린 하늘 올려다보니 새털구름 설피로 파란만장하기만 했던 삶. 파노라마처럼 오버랩 된다.

회한悔恨처럼.

10

내 살아온 삶, 얘기책을 써도 몇 권 쓰죠

흔히 지난한 삶 살아온 이 땅의 민초들이 너나없이 단골로 하는 얘기가 '내 살아온 삶, 얘기책을 써도 몇 권 쓰죠.'이다.

구방리 '음곡' 사는 그녀 삶이 바로 그 짝이다.

참으로 기구한 삶, 살아왔다.
팔십 평생을.

그는 지금 음곡 단칸방에 달랑 부엌 하나 딸린 손바닥만 한 집에서 혼자 살고 있다.
15년째.

지지고 볶으며 평생 한 이불 덮고 살았던 남편.

그래도 명은 길어 6년 전 저세상 먼저 갔다.
남편 뒷산 머리 양지녘에 묻고 넋일랑은 모두 빼놓고
'허정~ 허정'
산을 내려오며 산다는 게 참으로 허망하다는 걸 다시 한번 느꼈다.

꽃다운 나이, 갓 스물에 그녀는 평창 대화에서 이곳 수하리로 시집을 왔다. 그리고는 참으로 징한 세월들, 오로지 일에 매여서 이제껏 수하리를 못 벗어나고 살고 있다.

웬만한 사람들은 그 나이 되면 구들장 지고 하루해 노닥거릴 나이이건만 그는 요즘도 외양간 소똥 치우고, 호밋자루 들고 들녘 나가 밭고랑에 코 박고 산다.

평생 그녀에게 쉼표라는 건 애당초 없었다.
"일만 하다 죽을 팔잔가 봐요. 지는…."

그는 아이라는 걸 낳아보질 못했다.
평생.

그래서 그녀 가슴속에는
'화인'처럼 석녀石女라는 꼬리표가 붙어있다.

시어른은 물론이고 남편에게 애 못 낳는다는 죄(?)로 살아생전 온갖 수모 다 견뎌내야만 했다.

그래서 대를 이을 생각에 양자를 들였고.
그는 비록 내 몸으로 낳지는 않았지만 대를 이을 아들이라 생각하고 정말 끔찍하게 위했다.
마치 하늘처럼.

낳은 정보다 기른 정이 더 하다고 했던가.
그런데 그런 아들, 눈에 넣어도 아깝지 않은 아들이 채 서른도 못 돼 하늘로 먼저 갔다.

정말 하늘이 무너진다는 말 이럴 때 쓴다고 했나 보다.
그렇게 황망히 아들 먼저 보내고, 그녀는 식음을 전폐하고 두문불출했다.
당최 살 희망이 아무것도 없었다. 그녀에게는.
그러나 그 양아들에게 10살 큰 손주 밑으로 오롱조롱 다섯이나 되는 손주 매달려 있었으니.
그녀는 더 이상 몸져누워 있을 수가 없었다.
당장 오롱조롱한 손주들이 울고 불며 배고프다고 누워 있는 할머니에게 매달렸다.

그녀는 머리에 수건 질끈 둘러메고 깡다구로 방문을 열고 지게를 지고 들로 나섰다.

하지만 손바닥만 한 땅 농사지어 남정네 없이 여자 혼자 몸으로 오롱조롱 손주 새끼 다섯 먹여 살리는 게 결코 쉬운 일 아니었다.

얼마나 없이 살았으면 지금도 이밥(쌀밥을 여기서는 이밥이라 한다)이라도 먹을라치면 목구멍이 메어 밥 넘어가질 않는다고 할까.

그는 농사철이면 지게 지고 들녘에 나가 남정네랑 똑같이 농삿일 했고, 겨울철이면 왼 겨우내 산에 올라 낭구를 했다. 그때만 해도 너도나도 낭구를 해 기나긴 겨울을 버텨내야 했기에 산에 낭구라는 게 도통 없었다.

가까운 산은 마을 나무꾼들이 어찌나 핀담하고 다녔는지 고샅길처럼 바닥이 드러났고, 소나무 밑에는 얼마나 갈퀴로 솔잎을 긁어댔는지 땅바닥이 빤질 빤질하기만 했다.

그래서 마을에서 십여 리 떨어진 포동리 구리봉까지 지게를 지고 올라 낭구를 해 왔다.

그녀도 왼 겨우내 지게에 옥시기밥 한 덩어리 얹어지고는 땅뚜루 섶다리를 건너 구리봉을 향했다.

목장갑도 못 낀 손등에서는 으등그런 추위에 얼어 터져 시퍼래

둥둥했고.

20여 년 전.

어느 해에는 옥시기 밭 방아 찧다 방앗공이에 머리 맞아 피를 한 바가지나 흘렸다. 그래서 지금도 그녀 머리 한쪽은 그때 후유 증으로 움푹 들어가 있다.

그뿐인가.

손작두로 소여물 짚을 썰다 그만 갈비뼈가 두 개가 골절되기도 했고. 허나 그녀는 병원은 고사하고 약방 문턱도 안 드나들었다.

돈이 아까워서.

그녀는 말거미 삭힌 고약 한 덩어리만 붙이고 지게를 짊어지고 들녘을 나섰다.

그러나 농사일로는 도저히 안 돼 손주 놈들을 먹여 살리기에 어림 반 푼어치도 없었다.

생각도 못 해 손주 놈들이 어느 정도 크자 그녀는 서울로 식모 살이를 떠났다. 그녀는 식모살이가 얼마나 힘든 일인지 뼈저리게 느끼며 한 푼 두 푼 받은 월급을 모았다.

사랑하는 손주들을 위해서.

그녀는 거금이랄 수 있는 피 같은 돈 10만 원을 속주머니에 넣 고는 다시 수하리로 내려왔다.

그녀는 그 돈으로 난생처음 내 집 한 칸 마련했고, 농사 품 팔아 소 한 마리도 횡성 우시장에서 사 와 외양간에 붙들어 맸다.

아!
그때 얼마나 기뻤던지.

아마 그때가 그녀 생에 가장 기쁜 순간이었을 게다.
그야말로 '화양연화花樣年華.'

그녀는 동네 묵는 밭 있다 하면 그는 한걸음에 달려가 나무뿌리를 파내고 돌 골라내 옥시기 씨를 뿌렸다.

그는 오로지 손주들을 위해 그렇게 소처럼 일했고, 손주들을 위해 억척스레 돈을 벌었다. 오직 손주들만이 그에게는 전부였다.

그 지지리 고생하던 구방리, 물에 잠긴다는 말 듣고, 그녀는 인근 경기도 양평에 집 한 채 장만했다. 이제 올 추수만 끝나면 그곳으로 갈 생각이다.

평생 일하다 죽을 팔자라고 되뇌며 그녀는 오늘도 지게 지고 머잖아 물에 잠길 구방리 들녘을 나간다.

모텔 첨 와 보셔요?

오! 마이! 갓!!
"내 그래 뭐랬시유.
잘 모를 때는 걍 가만히 있는 게 중간은 간다고 했잖아유."
집사람 불난 집에 부채질하듯 핀퉁아리를 먹인다.
'이런~ 제기랄~'
'머리 나쁘면 평생 고생이라더니 내가 바로 그 짝이다.'

굳이 여러 명이 아니라면 펜션보다는 모텔이 훨씬 저렴하다는 집사람 얘기에 솔깃해 그럴싸한 펜션들은 그냥 지나쳐 버리고 모텔 간판만을 눈여겨봤다.

안면도와 육지를 연결하는 다리를 건너면서부터.

안면도는 가히 펜션의 섬이었다.

그림이 괜찮다 싶은 곳이면 이내 펜션이다.

갖가지 모양을 한 채.

마치 그림 같다.

안면도 맨 끄트머리 '꽃지 해변'에 모텔 하나가 달랑 서 있었다.

바다가 손에 잡힐 듯하고 외양도 깨끗하다.

'저 정도 수준이면 꽤 비쌀 텐데?'

그러나 겨울이고 비수기에 대설경보가 내린 시점이라 모텔 숙박비는 생각보다 쌌다.

방도 깨끗하고 무엇보다 꽃지 해변의 명물 돌섬이 3층 방에서 손에 잡힐 듯.

　이 정도면 최고의 뷰다.

　내 눈이 모처럼 호강할 듯.

　인천대교를 건너오면서부터 풀풀 내리는 눈 풍경에 계속 셔터를 누른 터라 벌써 내 카메라 배터리는 빨간 경고 불이 여러 번 들어온 터수였다.

　급하다.

　좀 있으면 일몰일 텐데.

　난 모텔 문을 열자마자 배낭에서 배터리 충전기를 꺼내 벽 콘센트에 꽂았다.

　그러나 이게 웬 낭패?

　충전기에 불이 깜빡거릴 뿐 파란 충전 불이 들어오질 않는다.

　충전기 연결선을 흔들어 보고 다시 꽂아도 마찬가지.

　큰일이다.

　저러다 해가 바닷속으로 꼴깍 떨어지면 그만인데.

　이번엔 핸드폰을 꺼내 콘센트에 꽂아봤다.

　역시 먹통이다.

난 서둘러 전화기 0번을 눌러 주인아줌마를 불러제켰다.
다급하게.
"여기 00호.
도대체 전기가 안 들어오네요. 급한데?
전기 제대로 들어오는 방으로 바꿔 주세요. 빨리."
"아저씨!
모텔엔 첨 와보세유?
제가 드린 키 꽂으셨어요?"
"그걸 꽂아야 하나요?"
"알 만하신 분 같은데?
그 키를 꽂아야 방 전체 전기가 통해요."
별 촌놈 다 보겠다는 투다.

'이런 제기랄,
언제 모텔을 와 봤어야지.'

몇 해 전 일이 생각난다.
얘기가 나왔으니.

영어 단어 몇 개만 주머니에 찌르고 두 아이들이 유학 간 영국
을 비롯한 유럽을 한 달여 다녀온 적이 있다.

난 항공료를 절약하기 위해 직항이 아닌 환승 비행기 티켓을 인터넷에서 구입했다.

거금 50만 원을 절약하기 위해.

그러나 이게 장난이 아니다.

생판 알지도 못하는 일본에서 하룻밤을 머물고 다시 런던 가는 비행기를 갈아타야 한다. 일본 임시 체류 허가를 받고 항공사에서 지정해 준 간사이 호텔을 찾았다.

천신만고 끝에.

내 방은 8층이다.

프런트에서 준 건 안내 팸플릿 두 장과 명함 같은 종이 카드 하나.

걸어서 무거운 배낭을 메고 방 앞에 도착.

그런데 열쇠를 안 가져왔다.

방문을 열려니.

다시 8층을 걸어 내려서 프런트로.

왜 열쇠를 안 주냐고 되지도 않는 영어로 냅다 씨부렁거렸다.

날 아래위로 꼬나보더니 이런 호텔에 첨이냐는 얘기다.

그러고는 내 손에 들려있는 명함 같은 카드를 가리키며 그걸로 들어가란다. 다시 배낭을 메고 걸어서 8층으로 (엘리베이터가 있는 걸 나중에 알았다. 이 촌놈은…)

안 된다.

안 열린다.

이놈의 간사이 호텔 8층 내 방은.

정말 미치고 팔딱 뛸 노릇이 아닐 수 없었다.

'제기랄.

돈 몇 푼 아끼려다 복도에서 날 새게 생겼다.'

영어로 쓰여진 명함 같은 카드를 문에 대고 난리를 쳤지만 당최 호텔 문은 열리지 않았다.

할 수 없지.

제기랄.

다시 1층 프런트로.

3번째다.

이번엔 애원 조로 종업원 한 녀석을 끌고 올라왔다.

8층까지.

엘리베이터로(그 녀석 덕분에 이번엔 걷는 건 면 했다.)

그 젊은 일본 종업원은 호텔 문 틈새에 카드를 넣고 위에서 아래로 '쓰~ 윽'

긁어 내려갔다.

철옹성 같기만 하던 호텔 문은 눈 깜짝할 사이 거짓말처럼 그렇게 열렸다.

오! 마이! 갓!!

"내 그래 뭐랬시유.
잘 모를 때는 걍 가만히 있는 게 중간은 간다고 했잖아유."
집사람 불난 집에 부채질하듯 핀퉁아리를 먹인다.

'이런~ 제기랄~'

'머리 나쁘면 평생 고생이라더니 내가 바로 그 짝이다.'

"때밀이 아니거든요."

그때 저쪽에서 어떤 아저씨가 날 손짓해 부른다.

"어이, 총각. 때 좀 밀어줘. 등만 미는 덴 얼마지?"

"네?"

"저 목욕 온 학생인데유?"

"그래?

아! 난 빤스 입고 있어서 때밀이 총각인 줄 알았지.

근데 왜 목욕탕에서 빤스를 입고 있어?

여기서 빤스 입고 있는 사람은 때밀이뿐일 텐데."

"아! 예. 저 오늘 목욕탕 첨 와 잘 몰랐구먼요."

'로마가 멸망한 게 목욕탕 때문이라는 말이 과연 사실일까?'

어느새 교직 생활을 마감하고 정년 퇴임한 지 9년째.

세월 참 빠르다.

세월이 굴러가는 속도가 나이에 비례한다고 하더니 요즘 그 말을 무척이나 실감하는 거 같다.

60대면 세월이 달아나는 속도가 시속 60km고, 70대가 되면 세월이 앞서가는 속도는 시속 70km가 된다고들 한다.

같은 시기에 교직을 퇴직한 대학 동기 몇 명이 의기투합해 운동도 하고 우정도 쌓을 겸 산행을 함께 하자고 모임을 만들었다.

매주 화요일 함께 산행을 한다고 해서.

'매화회每火會'

첫 글자만 따서 모임 이름을 지었는데, 그런대로 좋다.

한자로는 뜻이 다르지만 멋지고 고상한 꽃 매화를 연상하기도 하고.

처음에는 열댓 명 모였는데 이런저런 사정으로 현재는 올 멤버가 열 명 정도다. 그중에는 여자 동기도 넷이나 있는데 거의 안 빠지고 참석을 한다.

그렇게 매주 가깝고 먼 산들을 다니기 시작했는데 이젠 우리들 생활의 일부가 되어버렸다. 그렇게 지금까지 400여 회 가까운 산행을 했다.

여기서 전누리라고 부르는 새참은 각자 배낭에 준비해 온다.

과일, 떡, 빵, 음료수. 난 매주 빠짐없이 원두커피를 내려 가지고 간다. 여름철에는 아이스아메리카노, 겨울에는 따뜻한 커피.

함께 산길을 걸으며 입에 가시 돋지 않게 정담을 나누고, 함께 모여앉아 각자 준비해 온 새참을 들며 커피를 마시고 점심은 산행 근처에서 가장 맛있는 맛집을 찾아가 함께 수저를 들고.

그렇게 9년을 매주 함께하다 보니 그야말로 정이 들 대로 들고 누구네 집에 수저가 몇 개 있는지조차 알 정도로 도타운 사이가 됐다.

화요일 '매화회' 가는 재미로 한 주를 산다는 농담조차 하고는 한다.

이젠.

오늘은 횡성 부곡 쪽 동 치악산 곧은치를 다녀왔다.

스승인 운곡 원천석을 찾아 태종 이방원이 다녀갔다는 그 길.

산세는 유하지만 곧은치 정상을 오르기 전 200m가 제법 가파르다. 귀가해 산행 피로도 풀 겸 집 옆 사우나를 향해 목욕 가방을 챙겨 들었다.

오늘 같은 날 사우나 행行이 제격일 듯싶어서.

집 바로 옆에 사우나가 있어 참 편리하다.

평일 오후인데도 사람들이 제법 많다.

읍내에 사우나가 몇 개 있지만, 이 집이 새 건물에 규모도 제일 큰 데다 시설도 나름 깨끗해 이 집만 사람이 북적인다.

늘, 사우나 내 동선動線은 일정하다.

머무는 시간도 그렇고.

들어가 깨끗하게 몸을 씻고 온탕 들어가 10여 분,

그리고 열탕에 잠시, 건식 사우나는 못 들어가고, 온도 낮은 습식사우나에서 땀 좀 빼고, 때 밀고 나오면 끝.

아무리 여유 부려도 한 시간이면 뒤집어쓴다.

한나절 동안 사우나 머무는 여자분들 보면 이해가 안 된다.

당최 어떻게 버티는지.

이렇게 일찍 사우나를 다녀오는 날 마나님은 그렇게 번갯불에 콩 구워 먹듯 다녀오면 무슨 놈의 때를 씻고 오냐며 잔소리바가지를 끓여 붓는다.

돈이 아깝다며.

오래전 유년시절 세한歲寒 저녁 어스름.

어머니는 부엌 가마솥에 물을 끓이시고는 커다란 낭구 함지박에 물을 붓고 설 전 목욕을 시키곤 하셨다.

겨울 들어 첨 하는 목욕.

날 춥다고 얼굴만 고양이 세수한 터라 때가 오죽했을까.

안 봐도 비디오다.

ㅎㅎ.

다짜고짜 속내의를 벗기고는 뜨거운 물에 집어넣으신다.

아무리 부엌이라 하지만 난방이 안 되는 곳이라 금세 온몸에는 소름이 돋고 으스레가 쳐진다.

"아이구 이놈! 까마귀가 사촌 하자고 하겠네."

그리곤 억센 수세미로 겨우내 '덕지덕지' 앉은 때를 벗겨내셨다.

수세미는 이른 봄 싸리 울타리 호박 덩굴 옆에 몇 알을 심고는 대 가을 잘 익은 수세미를 솥에 삶아 껍질을 제거하곤 속껍질로 수세미를 만들어 썼다.

부엌에서, 이렇게 목욕수건으로도

우~

억센 수세미 지나간 자리는 금세 벌겋게 부어오르고 약한 살은 얼마나 아프기만 하던지.

난 계속 아가리 질(우는 걸 엄니는 아가리질 한다고 했다).

엄니는 그런 내가 엄살 부린다고 "찰싹 찰싹." 내 등짝 연실 후려치셨고.

이건 목욕이 아니라 고문이었다. 지독한.

그렇게 한 시간여 나무 함지에서 노대기 치다 보면 어느새 덕지덕지 않았던 때가 말끔히 벗겨지고, 색경(거울)에 비친 내 모습은 완전히 다른 아이로.

새로 농에서 꺼내주시는 내복 입었을 때 그 개운함.

얼마나 좋았던지.

마치 하늘을 나는 그런 느낌이었다.

떠꺼머리총각 선생 시절.

일주일에 한 번은 담임 맡았던 우리 반 아이들 용의 검사를 했다.

그때만 해도 그곳은 목욕탕이라곤 읍내에나 나가야 한 군데 있을 정도라 아이들 제대로 씻을 데가 없기에 겨울이면 반 아이들 손이며 발은 완전 까마귀사촌이었다.

때가 덧깨로 앉은 손등에서는 칼바람에 터져 연실 피가 줄줄 흘렀고. 아이들이 제일 싫어하는 게 용의 검사란 걸 알지만 어쩔 수 없었다. 그렇게라도 안 하면 봄이나 돼야 묵은 때 개울에 나가 벗길 판이니.

손등. 발등 때 검사를 하고 불합격 아이들에게는 매직으로 X표.

숙직실 커다란 가마솥에 물 '설설' 끓여 놓고서는 뻘건 고무 함지에 물을 붓고, 아이들 손발을 집어넣었다.

아이들은 '징징'거리며 지푸라기로 만든 수세미로 손등과 발등을 문질러댔고. 1차, 2차 검사를 해서 '합격' 소리를 들어야 집에 갈 수 있었다.

짜장면을 처음 먹어본 것도 그렇지만 돈 내고 들어가는 목욕탕을 처음 들어가 본 것도 고등학교 1학년 때였다.

어느 해 봄날 토요일 신체검사 할 테니 목욕 깨끗이 하고 오라는 담임샘 얘기를 듣고, 생전 처음 목욕탕이라는 델 갔다.

목욕탕이라는 델 한 번도 가 본 적이 없는 촌놈이었기에 그 전날 줄곧 내 화두는 '목욕탕에 들어가면 언제 팬티를 벗는 거지?'였다.

쪽팔리게 고등학생이나 된 녀석이 그걸 누구에게 물어볼 수도 없고. 머리털 나고 목욕탕이라는 데는 한 번도 가 본 적 없으니.

아마 200원쯤 됐을 거 같다.

그때 목욕탕 이용료가.

짜장면값이나 목욕료나 비슷했었다.

200원을 내고 집에서 가까운 목욕탕이라는 데를 들어섰다.

그리고는 엉거주춤 팬티를 걸치고 뽀얀 김 나는 목욕탕 문 열고 맨 구석지로 가 앉았다.

"때밀이 아니거든요."   243

'어라! 다들 벗고 있네?

그렇구나 어느 정도 때 씻고 나서, 팬티 벗고 탕 안으로 들어가는 거구나'

그때 저쪽에서 어떤 아저씨가 날 손짓해 부른다.

"어이, 총각. 때 좀 밀어줘. 등만 미는 덴 얼마지?"

"네?

저 목욕 온 학생인데유?"

"그래?

아! 난 빤스 입고 있어서 때밀이 총각인 줄 알았지.

근데 왜 목욕탕에서 빤스를 입고 있어?

여기서 빤스 입고 있는 사람은 때밀이뿐일 텐데."

"아! 예. 저 오늘 목욕탕 첨 와 잘 몰랐구면요."

이런! 황당 시츄에이션이 있나?

제기랄.

난 얼굴이 홍당무가 돼 얼른 빤스를 벗어 내렸다.

그때 생각하면 자다가도 웃음이 난다.

ㅋㅋ.

탕 안에 누워 혼자 '낄낄'거리는 날 보고 평소 안면이 있는 '피부 세신사' 총각이 너스렐 떤다.

"아저씨 날아가는 새 뭐라도 보셨어요?
혼자 그리 낄낄 웃으시니, ㅎㅎ."
'그런 게 있어.
이 사람아.
그런 게.'
ㅋㅋ.

"아줌니! 낭구젓가락 한 개 더 줘유."

"아저씨, 죄송하지만 여기 낭구젓가락 하나 더 주세유. 저한테는 한 개만 왔는데유."

들돌같이 달려온 주인장 왈.

"학생, '짜장면' 첨 먹어봐?"

"네?"

"아무리 그래도 그렇지.

이궁~

이거 이렇게 가운데 쭉 쪼개서 둘 만들어 먹는 거잖아?"

난 '자장면'보다는 솔직히 '짜장면'이 더 익숙하다.

그래서 난 '짜장면'으로 부른다.

중국집에 배달을 주문할 때도 그렇고, 중국집 가서 주문할 때도.

뒤늦게나마 우리 국민 91% 이상이 '짜장면'으로 부르기에 국립국어원에서 '짜장면' 또한 표준말로 인정하고 있다. 아마 모르긴 몰라도 지금 '자장면'으로 부르는 이는 방송 아나운서뿐이리라.

몇십 년 만의 혹한이라고 나라 전체가 난리다.

이곳 횡성도 아침 기온이 영하 25도.

종일 춥다.

워낙 작은 읍내지만 혹한에 거리는 인적도, 차량도 없다.

온종일 구들장에 엑스레이를 찍으며 밍기적거렸다.

놀면 더 시장한가 보다.

백수가 과로사過勞死 한다더니…

40여 년 교직 생활을 마감하고 요즘 그날이 그날이다.

처음 퇴직하고서는 이제 퇴직하면 만사 제치고 실컷 쉬어야지 했었는데 막상 집에 들어앉아 보니 그게 아니었다.

좋아하는 산행도 하루 이틀이지 매일 출근하듯 가는 것도 그렇고, 친구들과 술잔 기울이는 것도 가끔이지 매일 할 수는 없는 노릇이었다.

그저 거실 소파에 누워 종일 애꿎은 티비 리모컨만 못살게 구는 게 요즘 내 생활이 되어버렸다. 놀면서 왜 그리 빨리 시장기는 찾아오는지 이런 나를 마나님은 뱃속에 거지가 들어있다고 놀려 댄다.

요즘 '삼식이놈'이 주부들 사이에서 많이 회자되고 있다.

내가 그 짝이다.

삼식이는 먹거리 선택권이 없다.

그저 주면 주는 대로 그냥 고맙게 먹어주면 된다.

언감생심,

청탁불문,

컬러 불문이다.

그걸 어기면 간이 배 밖으로 나온 놈이라고 의아해한다.

언제부터 이 지경 됐는지.

저녁 어스름 갑자기 '짜장면'이 먹고 싶다.

마나님한테 삼식이 소리 듣기 싫어 가급적이면 하루 한 끼는 외식을 하든 배달을 시키든, 친구랑 밥을 먹던 그렇게 때우려 하고 있다.

집 근처 중국 사람이 운영하는 중국집에

'짜장면 콜―'

그야말로 기다렸다는 듯이 5분도 안 돼 들돌같이.

'딩~동'

출입문 초인종이 소리를 낸다.

으등그런 날인데도 어찌나 총알같이 왔던지 '짜장면' 그릇도, '짜장면'도 '따끈따끈'하기만 하다.

'짜장면'

'잘게 썰은 돼지고기와 양파, 해물 등을 춘장春醬과 함께 볶은 양념을 삶은 국수에 얹어서 비벼 먹는 한국식 중화 음식'이라고 사전적 의미를 부여하고 있다.

가히 '국민 먹거리'란 말 들을 만큼 우리들에게 친근한 먹거리.

'짜장면'

외식 먹거리의 왕자다.

여전히.

전국 2만4천 개의 중국음식점에서 하루 평균 600만 그릇이 팔리고, 국민 여덟 명 중 한 명은 매일 자장면을 먹고. 이게 '짜장면'

의 현주소다.

1905년.
최초 청나라 요릿집 공화춘共和春에서 짜장면을 처음 팔기 시작했다고 하니 가히 100년이 넘는 역사를 자랑한다.

장칼국수 대신 '짜장면'이 시골 논두렁 밭두렁에서 새참으로 자리매김한 지도 제법 오래됐다.
'드르륵…'
농기계로 농사일하다 젠누리(새참) 때 돼, 주머니 핸드폰 꺼내 단골 중국집 단축키 누르면, 손 씻고 담배 한대 피기 전, '부르릉' 철가방 안 짜장면이 오토바이에 실려 도착한다.
서비스로 군만두 한 접시까지 얹어.

그리고 연이어 이에 질세라 단골 다방 아가씨 미니스커트 펄렁이며 따뜻한 온기 남아 있는 아메리카노 커피 보온병에 넣고 논두렁 밭두렁으로 들이닥치고.

참 많이도 변했다.
요즘 우리네 농촌.
농기계 보급으로 품앗이도 모 밥도 타작 밥도 슬그머니 자취를 감추었다.

오랜만에 먹어서인가 '짜장면' 맛이 제법 맛있다.

하긴 국수라면 사족을 못 쓰는 터수니 무슨 국수인들 안 맛있을까마는.

난 '짜장면'을 먹으면서도 단무지보다는 짠지(김치를 이곳에서는 그리 부른다)를 더 즐겨 먹는다.

촌놈이라 어쩔 수 없다.

'짜장면'을 먹으며 아주 오래전 머리털 나고 생전 처음 '짜장면' 먹던 날 반추하며 슬그머니 실소를 금치 못한다.

그 흔하다는 '짜장면'을 난 고등학교 1학년 때까지 먹어보질 못했다. 그도 그럴 것이 내가 살던 강원도 궁벽한 깡촌에는 '짜장면'집이 단 한 군데도 없었고, 군 소재지인 횡성읍 왕래는 언감생심 나갈 엄두를 못 냈었다.

실은 횡성 촌놈, 고등학교를 충주로 유학하면서 티비도 처음 봤다.

비록 흑백 티비였지만.

큰맘 먹고 벼르고벼러 휴일 점심때 집 근처 교현동 중국집엘 들렸다. 실은 학교에서 친구들이 짜장면 얘기를 꺼낼 때마다 언젠가 기회가 되면 꼭 짜장면 집에 들려 짜장면 한 그릇 먹어보겠다고 나름 벼르고 별러온 터수였었다.

그날 마침 참고서를 사고 남은 돈이 좀 생겨서 용기를 내 중국 집으로 발길을 돌렸다.

얼마나 설레고 설렜던지.

"룰루랄라~"

나도 모르게 저절로 그 당시 한창 뜨던 나훈아의 노래까지 흥얼거리며.

교현국민학교 옆 모롱 가지에 붉은 등으로 멋지게 치장한

'사천 반점'

맛집으로 소문나서인지 점심시간에 채 안 됐는데도 테이블은 거의 만석이었다.

난 출입구 제일 가까운 빈자리에 자리를 잡고 앉았다. 그리고는 물컵을 가져온 아저씨에게 호기 있게 '짜장면' 한 그릇을 주문했다.

난 백문이불여일견百聞不如一見이라는 말을 명심하며 이미 먼저 와 옆에 식탁에서 '짜장면' 먹는 사람을 유심히 살폈다.

옆자리 아저씨 낭구(나무) 젓가락 두 개로 휘휘 감더니

'후르륵~ 후르륵'

목구멍으로 잘도 넘긴다.

저절로 군침이 돈다.

'햐~!'

드디어 내 앞에 그토록 기다리던 '짜장면'이 나왔다.
'사천 반점'이라 인쇄된 종이에 포장된 낭구젓가락 한 개랑.
'어라? 왜, 난 낭구젓가락 한 개만 줬지?'
혹시나 가져오다 떨궜나 하고 아무리 식탁 주변을 살펴도 없다.
달랑 통째로 된 낭구젓가락 한 개뿐.
난감하기 이를 데 없다.
이를 우짤꼬.

나라는 놈이 워낙 소심장小心臟이라 주인 불러 따질 위인도 못
되고. 그냥 낭구젓가락 한 개로 짜장면을 먹어본다.
허나 그게 여간 만만치 않다.
번번이 허사.
이런 제기랄.

도저히 안 돼 큰 용기를 내 주인아저씨를 불렀다.
"아저씨, 죄송하지만 여기 낭구젓가락 하나 더 주세유. 저한테는
한 개만 왔는데유."
들돌같이 달려온 주인장 왈.
"학생, '짜장면' 첨 먹어 봐?"
"네?"

"아무리 그래도 그렇지.

이궁~

이거 이렇게 가운데 쭉 쪼개서 둘 만들어 먹는 거잖아?"

아—!

그때 그 쪽팔림.

그야말로 어디 쥐구멍이라도 있으면 당장이라도 들어가고픈 심정이었다. 그뿐인가 주인의 큰소리를 듣고 식사를 하던 손님들 시선은 순식간에 내게로 꽂혀지고 주위는 그야말로 웃음바다가 되었다.

난 졸지에 원시인이 되어 그 귀한 '짜장면'이 입으로 들어가는지 코로 들어가는지 모르고 막 입에 욱여넣고는 도망치듯 '중국집 사천반점'을 나섰었다.

지금도 '짜장면' 마주하면 그날 그 망신살 때문에 등골에 진땀이 나고 얼굴이 벌게진다.

그놈의 낭구젓가락 땜에…

소리 공양

정재영 지음

발행처   도서출판 **청어**
발행인   이영철
영업   이동호
홍보   천성래
기획   육재섭
편집   이설빈
디자인   이수빈 | 구유림
제작이사 공병한
인쇄   두리터

등록   1999년 5월 3일
         (제321-3210000251001999000063호)

1판 1쇄 발행 2025년 6월 10일

주소   서울특별시 서초구 남부순환로 364길 8-15 동일빌딩 2층
대표전화 02-586-0477
팩시밀리 0303-0942-0478
홈페이지   www.chungeobook.com
E-mail   ppi20@hanmail.net

ISBN   979-11-6855-337-8(03810)

가천문화재단
Gachon Cultural Foundation

이 책은 (재)가천문화재단의 지원을 받아 발간되었습니다.